南 英男

強欲
強請《ゆすり》屋《や》稼業

実業之日本社

実業之日本社文庫

目次

『強欲　強請屋稼業』おもな登場人物

見城《けんじょう》　豪《すぐる》……渋谷に事務所を構える私立探偵。六年前まで警視庁赤坂警察署の刑事で、刑事課と防犯課に所属していた。三十六歳。

帆足里沙《ほあしりさ》……パーティー・コンパニオン。見城の恋人。二十五歳。

百面鬼竜一《どうめきりゅういち》……警視庁新宿警察署刑事課強行犯係の刑事。見城の友人。四十歳。

松丸勇介《まつまるゆうすけ》……フリーの盗聴防止コンサルタント。見城の友人。二十八歳。

唐津《からつ》　誠《まこと》……毎朝日報社会部記者。見城の友人。四十二歳。

伊勢倫子《いせのりこ》……惨殺された国分利香の大学時代からの友人。

強欲

強請屋稼業

プロローグ

柔肌が震えた。

次の瞬間、寝室に愉悦《ゆえつ》の声が響いた。ジャズのスキャットに似た唸《うな》りだった。

見城豪《けんじょうすぐる》は愛撫《あいぶ》の手を休めた。

右手の指先は、蜜液《みつえき》に塗《まみ》れていた。ベッドで淫《みだ》らな声を放ったのは国分利香《こくぶりか》だった。

利香はまだ三十一歳だが、ヘッドハンティング会社の社長である。やや勝ち気だが、目を惹《ひ》く美人だ。プロポーションも悪くない。

利香の自宅マンションの寝室だった。

マンションは港区西麻布にある。間取りは2LDKだ。

寝室は十畳ほどのスペースだった。ほぼ中央に、セミダブルのベッドが据《す》え置かれている。肌を重ねたのは十分ほど前だった。

一九九七年四月上旬の夜である。時刻は十一時近かった。

「いつものことだけど、抜群のフィンガーテクニックね」

「高い謝礼を貰《もら》ってるわけだから、それなりのサービスはしないと」

「ベッドで、お金のことは言わないで。わたし、彼氏に抱かれてると思いたいんだから……」

利香が拗《す》ねた口調で言った。

見城は短く詫《わ》び、利香の唇を塞《ふさ》いだ。利香が待っていたように、生温かい舌を情熱的に絡《から》めてくる。二人の舌が一つになった。

見城の本業は私立探偵だ。来月、満三十七歳になるが、まだ独身だった。

自宅を兼ねたオフィスは、渋谷区桜丘町《さくらがおかちょう》の賃貸マンションの一室にある。１ＬＤＫで、あまり広くない。

『東京リサーチ・サービス』などという大層な社名を掲《かか》げているが、まったくの個人営業だった。調査員はおろか、留守番の女性事務員すら雇っていない。見城は自分だけで、あらゆる調査をこなしていた。

もっとも、守備範囲はそれほど広くない。時たま失踪《しっそう》人捜しや脅迫者の割り出しを依頼されるが、ふだんはもっぱら男女の浮気調査を手がけていた。それも調査依頼は、月に数件程度だった。

見城は元刑事である。

六年前まで赤坂署にいた。刑事課、防犯（現・生活安全）課と渡り歩き、防犯課勤務時代に女性絡みの不祥事を起こした。ある暴力団の組長夫人と深い仲になり、女の夫に大怪我を負わせたのだ。組長は筋者《すじもの》の体面を保《たも》ちたかったらしく、最後まで被害事実を認めなかった。

そのおかげで、見城は起訴を免れた。

しかし、職場にはいられなくなった。夫と見城の間で揺れ惑《まど》いつづけていた若い組長夫人が傷害事件後に、自らの命を絶《た》ってしまったからだ。

ショックを受けた見城は依願退職し、大手調査会社に再就職した。そこで二年ほど働き、四年前に独立したのだ。

だが、現実は厳しかった。都内には、五百数十社の調査会社がある。固定客を持たない個人業者の収入は、きわめて不安定だった。そんなことから、見城は情事代行業をサイドビジネスにするようになったわけだ。夫や恋人に裏切られた女たちをベッドで慰め、一晩十万円の報酬を得ている。

マスクの整った見城は、もともと女たちに言い寄られるタイプだった。

切れ長の目は涼しく、鼻が高い。口許《くちもと》も引き締まっている。一見、歌舞伎《かぶき》役者のような優男《やさおとこ》だ。しかし、性格は男っぽい。

腕っぷしも強かった。実戦《フルコンタクト》空手三段、剣道二段だ。柔道の心得もあった。

身長百七十八センチ、体重七十六キロだった。全身の筋肉は鋼《はがね》のように逞《たくま》しかった。贅肉《ぜいにく》は少しも付いていない。そうした体躯《たいく》だが、硬派ではなかった。女好きで、性の技《ぎ》巧《こう》にも長《た》けている。

これまでに見城は、八十数人の女性たちに悦楽《えつらく》を与えてきた。副業でクレームをつけられたことは一度もない。

それどころか、どの相手からも深く感謝されている。リピーターも少なくない。見城は情事代行の副業で、月に五、六十万円は稼いでいた。

見城には、もう一つ裏の顔があった。それは凄腕《すごうで》の強請屋《ゆすりや》だった。

表稼業の調査を進めていくと、ビッグ・スキャンダルが透《す》けてくることがある。そんな場合、見城はスキャンダルの主から容赦《ようしゃ》なく巨額を脅し取る。

といっても、強欲《ごうよく》な金の亡者《もうじゃ》ではない。強請る相手は、救いようのない極悪人に限られていた。一般市民に迷惑をかけるような真似《まね》は決してしなかった。

別段、義賊を気取っているわけではない。見城は、財力や権力を持つ尊大な男たちを嬲《なぶ》ることに生理的な快感を覚える性質《たち》だった。

実際、狡猾《こうかつ》な超大物や凶悪な犯罪者たちをぶちのめすことは愉《たの》しい。そうした連中が不様《ぶざま》に土下座したり、涙声で命乞《ご》いをする姿を見るだけでも笑みが零《こぼ》れる。下剋上《げこくじょう》の歓《よろこ》びは大きかった。むろん、悪人どもから巨額を巻き揚げる快感も捨てがたい。金は、いくらあっても邪魔にはならないものだ。

「ね、仰向《あおむ》けになって」

利香が上体を起こした。弾《はず》みで、乳房が小さく揺れる。

見城は言われた通りにした。白いフラットシーツには、利香の温《ぬく》もりが残っていた。

利香が見城の股《また》の間にうずくまった。ペニスの根元を握り込み、じきに口に含んだ。

見城は軽く瞼《まぶた》を閉じた。利香の舌技には無駄《ロス》がなかった。見城は吸われ、舐《な》められ、弾かれた。たちまち欲望が昂《たか》まる。

利香には離婚歴があった。二年前、見城は利香の夫の女性関係の調査を頼まれた。それが親しくなるきっかけだった。利香は、情事代行の上客だ。月に最低二回はお呼びがかかる。元人妻だけあって、床上手《とこじょうず》だった。男の体を識《し》り尽《つ》くしていた。

不意に利香が器用に裸身をターンさせた。見城の猛《たけ》った性器をくわえたままだった。

利香が見城の顔の上に跨《また》がった。

見城は利香のヒップを両手で押し割り、尖《とが》らせた舌を伸ばした。痼《しこ》った突起を震わせると、利香は身を揉《も》んで呻《うめ》いた。猥《みだ》りがわしい呻き声だった。

見城は舌を閃《ひらめ》かせつづけた。

ほんの数分で、利香はまたもやエクスタシーに達した。憚《はばか》りのない声を長く轟《とどろ》かせ、ひとしきり裸身を震わせた。

見城は頃合《ころあい》を計《はか》って、いったん利香から離れた。

利香が心得顔で、開いた両膝《りょうひざ》を立てる。胸はまだ弾んでいた。

見城は穏《おだ》やかに体を繋《つな》いだ。潤《うる》みは夥《おびただ》しかった。すぐに利香が腰をくねらせはじめた。湿った音が煽情的《せんじょうてき》だ。

見城は利香の乳房を交互にまさぐりながら、リズミカルに動きつづけた。突くだけではなかった。捻《ひね》りも加えた。

いくらも経《た》たないうちに、利香は高波に呑《の》まれた。

ほとんど同時に、胴と内腿《うちもも》に漣《さざなみ》を想《おも》わせる震えが走った。淫蕩《いんとう》な唸りも発した。

見城は、きつく締めつけられた。搾《しぼ》り込まれるような圧迫感が心地よい。利香の内奥《ないおう》のビートが、もろに分身に伝わってくる。脈打つようなビートだ。快感の証《あか》しである。

見城は幾度か体位を変え、上客に深い悦《よろこ》びを味わわせた。自分も放つ。射精感は鋭かった。一瞬、脳天が痺《しび》れた。

結合を解《と》くと、利香は俯《うつぶ》せになった。そのまま死んだように動かない。さすがに疲れ果ててしまったのだろう。

　これで、仕事は完了だ。

見城は腹這《はらば》いになって、ロングピースに火を点けた。ヘビースモーカーだった。一日に七、八十本は喫《す》っている。酒も嫌いではない。

一服し終えたとき、利香が物憂《ものう》げに言った。

「腰が抜けたような感じなの。でも、最高だったわ」

「そう言ってもらうと、励みになるよ」

「月に百万払うから、わたしの専属になってくれない？」

「せっかくだが、おれは何かに縛《しば》られるのは好きじゃないんだ」

「やっぱり、断られちゃったか」

「悪いな。一緒にシャワーを浴びよう。体、洗ってやるよ」

「まだ動けないわ。先にシャワーを使って」

「それじゃ、そうさせてもらうか」

見城はベッドを降り、素っ裸で寝室を出た。間取りは知り尽《つ》くしている。

ダイニングキッチンの奥にある浴室に向かい、熱めのシャワーを頭から被《かぶ》った。

ボディーソープ液を全身に塗りたくったとき、利香の悲鳴が聞こえた。人の争う物音もした。見城は急いで体の白い泡を洗い落とし、急いで浴室を出た。ちょうど二人の男が、ガウン姿の利香を連れ出そうとしているところだった。男たちは堅気には見えなかった。

「おい、何をしてるんだっ」

見城は男たちを咎《とが》めた。

二人組は怯《ひる》む様子がない。利香が大声で救いを求めてきた。見城は男たちに躍《おど》りかかろうとした。

そのとき、男のひとりが懐《ふところ》から消音器付きの自動拳銃《けんじゅう》を掴《つか》み出した。ハードボーラーだった。アメリカ製のハンドガンだ。

圧縮空気が洩《も》れるような発射音が響き、銃口炎《マズル・フラッシュ》が瞬《またた》いた。

見城は、とっさに身を伏せた。放たれた銃弾は、背後のコンクリート壁を穿《うが》った。跳《ちょう》弾《だん》は天井に当たり、フローリングの床に落ちた。

二人の男が利香を引きずりながら、玄関ホールに向かった。

まさか素っ裸で廊下に飛び出すわけにはいかない。見城は起き上がり、脱衣室兼洗面所に走り入った。腰に青いバスタオルを巻きつけ、すぐに廊下に出る。

怪しい二人組と利香の姿は、どこにも見当たらない。見城は大急ぎで寝室に駆け戻り、手早く衣服をまとった。ふたたび部屋を出て、エレベーターホールまで突っ走る。

やはり、三人はいなかった。見城はエレベーターで一階に下《お》り、マンションの前の通りに飛びだした。だが、二人組と利香の姿は搔《か》き消えていた。


翌朝の六時ごろ、代々木公園の際《きわ》に駐《と》めてあった大型保冷車の中で凍死している利香が発見された。

第一発見者は、たまたま近くを通りかかったコンビニエンスストアの若い店員だった。その青年は無人の大型保冷車のエンジンがかかっていることを不審に思い、庫内を覗《のぞ》いてみる気になったのである。

黒い革紐《かわひも》で亀甲縛《きっこうしば》りにされた利香は、生まれたままの姿で息絶えていた。第一発見者は驚き、ただちに携帯電話で一一〇番通報した。

警視庁はその日のうちに代々木署に捜査本部を設けた。

第一章　美人社長の凍死体

1

悪い予感が的中した。

見城は溜息《ためいき》をついて、液晶テレビの画面を見つめた。画面には、国分利香の顔写真が映し出されている。

事務所を兼ねた自宅マンションの居間だ。

午後二時過ぎだった。ＬＤＫは十五畳の広さだ。リビングルームとダイニングキッチンは、オフホワイトのアコーディオン・カーテンで仕切ってあった。依頼人たちに生活臭を感じさせないための工夫だった。

居間の中央には応接ソファセットがあり、ベランダ側にはスチールデスク、キャビネット、資料棚、パソコンなどが並んでいる。机の上にある電話機はホームテレフォンの親機だ。子機は奥の寝室にあった。

「警視庁は国分さんが保冷庫の中で故意に凍死させられたという見方を強め、代々木署に捜査本部を設置しました。そのほか詳しいことはわかっていません」

中年の男性アナウンサーの顔が短く映し出され、放火事件が報じられはじめた。

見城は遠隔操作器《リモート・コントローラー》を使って、テレビの電源スイッチを切った。煙草《たばこ》をくわえ、長椅子《ながいす》の背に深く凭《もた》れかかる。

昨夜、利香を拉致《らち》した二人組はいったい何者なのか。風体《ふうてい》から察《さっ》して、おそらく男たちは暴力団関係者だろう。

利香は商社、銀行、証券会社などから優秀な人材を引き抜き、外資系の企業に斡旋《あっせん》していた。不況にも拘《かかわ》らず、業績は着実に伸びていたようだ。

事業資金を闇《やみ》金融筋《すじ》から借りていたとは思えない。何か個人的なことで、利香は誰《だれ》かに恨《うら》まれていたのだろう。その人物が、きのうの二人組に殺しの依頼をしたのか。

殺された理由が何であれ、このまま傍観《ぼうかん》しているわけにはいかない。

見城は多少の責任を感じていた。二人組が部屋に押し入ってきたとき、自分が寝室にいたら、利香は連れ去られることはなかっただろう。

利香に特別な感情を抱いていたわけではなかったが、もう彼女と肌を重ねることができないと思うと、犯人に対する怒りがふつふつと沸《わ》いてきた。事件のことを探《さぐ》ってみる気になった。ひょっとしたら、強請《ゆすり》の材料を得られるかもしれない。

見城は煙草の火を揉《も》み消し、長椅子から立ち上がった。

洗面所で髭《ひげ》を剃《そ》り、寝室で外出の仕度《したく》をする。といっても、薄手の黒いタートルネック・セーターの上にオリーブグリーンのテンセルの上着を羽織《はお》っただけだ。下は、ベージュのチノクロスパンツだった。

見城は戸締まりをして、ほどなく部屋を出た。八階だった。エレベーターで地下駐車場に下《くだ》り、ドルフィンカラーのＢＭＷに乗り込む。右ハンドルのドイツ車だ。５シリーズで、まだ割に新しい。長いこと乗っていたローバーを廃車にしたのだ。

見城はＢＭＷを発進させた。

スロープを登ると、春の陽光がフロントガラス越しに射《さ》し込んできた。沿道の桜並木は満開だった。春だというのに、利香は殺されてしまった。

見城は感傷を振り払って、車を青山通りに向けた。

利香のオフィスはＪＲ四ツ谷駅の近くにある。千代田区六番町の外れだった。赤坂見附で外堀通りに入り、四谷見附を右折する。

新宿通りを短く走り、今度は左に折れた。数百メートル先に、洒落《しゃれ》たデザインのテナントビルがある。

利香が経営していた『ピックアップ・コーポレーション』は、そのビルの五階にオフィスを構えている。社員数は十五人だ。見城は一度、利香のオフィスを訪ねたことがあった。いまごろ、社員たちは慌《あわ》てているだろう。

見城は目的のビルの近くの路上に車を駐《と》めた。利香の恋人になりすまして、社員たちから話を聞くつもりだ。

ＢＭＷを降り、ビルの中に足を踏み入れる。五階に上がると、『ピックアップ・コーポレーション』の前に報道関係者らしい男たちが四、五人いた。

見城はエレベーターホールにたたずみ、男たちがいなくなるのを待った。数十分が経過したころ、男たちがひと塊《かたまり》になってエレベーターホールに向かって歩いてきた。

見城は男たちの横を抜け、さりげなく『ピックアップ・コーポレーション』に近づいた。エレベーターホールに目をやると、もう男たちの姿は見当たらなかった。見城はインターフォンを鳴らした。

ややあって、スピーカーから男の怒気を含んだ声が流れてきた。

「いい加減にしてくれませんか。マスコミの取材には応じられません。迷惑ですんで、帰ってくださいっ」

「報道関係者じゃありません。わたしは、国分利香さんと個人的に親しくしてた者です。見城といいます」

「個人的に親しくしていたとおっしゃると、要するに彼氏だった方ですね?」

「そういうことです。利香さんのことで、少し話を聞かせてもらえませんか。社員の方たちに、ご迷惑はかけません。お願いします」

見城は言った。

相手が短く迷ってから、ドアを開けた。顔を見せたのは四十歳前後の痩《や》せた男だった。

「突然押しかけて、申し訳ありません」

「いえ、いえ。申し遅れましたが、ゼネラルマネージャーの細谷保《ほそやたもつ》です。どうぞお入りください」

「お邪魔します」

見城は事務所の中に入った。

女子社員たちが何人か固まって、小声で何か話している。スチールデスクの並んだ事務フロアの向こうに、社長室が見える。ドアは閉ざされていた。

見城は、パーティションで仕切られた応接コーナーに導かれた。テーブルを挟んで、細谷と向かい合う。

「社長のことは、テレビのニュースか何かで？」

細谷が先に口を開いた。

「ええ、そうです。実は昨夜《ゆうべ》、西麻布の彼女のマンションに行ったんですよ」

「そうだったんですか。あなたと別れた後《あと》、国分社長は何者かに殺害されたんですね？」

「だと思います。もう利香の司法解剖は終わったんだろうか」

「二時前に終了して、遺体は東京都監察医務院から調布市の実家のほうに搬送《はんそう》されたそうです。きょうは仮通夜《かりつや》で明晩が本通夜だと聞いています」

「そうですか。気が動転してしまって、まだ利香さんの親許《おやもと》にはお悔みの電話もしてないんですよ」

見城はもっともらしく言って、ロングピースをくわえた。

「そうですか。われわれ社員もびっくりしてしまって、朝から、ただうろたえるばかりでした。この先、どうなるのか」

「大変なことになりましたね」

「ええ。まさか三十一歳だった社長が、こんなにも早く亡くなられるなんて……」

「人の命は儚《はかな》いな」

「そうですね」

細谷が相槌《あいづち》を打った。

「実はわたし、調査関係の仕事をしてるんですよ」

「というと、私立探偵さんですか?」

「ええ、そうです。昔は刑事でした。そんなわけで、独自に利香の事件を調べてみる気になったんですよ。ひとつご協力ください」

「わかりました」

「利香さんは、こっちには仕事のことはめったに話さなかったんですよ。何か商売上のことで、トラブルや悩みを抱えてたんではありませんかね。たとえば、経営状態がよくなかったとか」

「経営は安定していました。この不景気でも、業績は右肩上がりでした。日本の銀行が幾つも潰《つぶ》れ、大手証券会社まで倒産しましたから、有能なビジネスマンは能力第一主義の外資系企業に興味を持ちはじめてるようです」

「そうなのかもしれないな」

「優秀な方は、外資系企業に移るべきですよ。去年の春に準大手の証券会社からアメリカ資本の投資会社に転職された方などは二十八歳ながら、新しい職場で三千五百万円の年俸を貰《もら》っているという話です」

「それは、たいしたもんだ」

「トレーダーなど何か専門職で活躍されてるビジネスマンは、どんどん外資系企業に移るべきでしょう。終身雇用ではありませんが、勤務年数やポストに関係なく、その人の働きぶりを正当に評価してくれますので」

「その話は、別の機会にゆっくり聞かせてください」

見城は話の腰を折って、煙草の火を消した。

「あっ、すみません！　仕事の話になると、つい熱が入っちゃいまして」

「経営は安定してたということでしたね？」

「ええ、それは間違いありません。ただ、ある男が社長を逆恨《さかうら》みしている気配はありました」

「逆恨み？」

「はい。日本の損保会社からアメリカ資本の保険会社に移った作田《さくた》善仁《よしひと》という男が転職先で冷遇されていると社長にしつこく電話をしてきて、何度か、このオフィスにも怒鳴り込んできました」

「その作田という男の転職先は？」

「丸の内にあるユニバーサル保険です。四十五歳だったと思います。現在も同社に籍を置いていますが、よく無断欠勤しているようです。いずれ解雇されることになるでしょうね」

「作田氏はどういう面で冷遇されてると言ってました？」

「それは被害妄想というか、一種の言いがかりなんですよ。ほぼ同時期に転職した三つ年下の同僚女性と年俸が四十数万しか違わないのは公平な査定がされてないからだと主張して、うちに別の外資系保険会社を紹介しろと難癖をつけてきたんです」

「利香さんは、作田氏の要求を突《つ》っ撥《ぱ》ねたんですね？」

「ええ。それでも、作田は諦《あきら》めずに電話をしてきたり、ここに押しかけてきました。社長は作田が何を言っても、まったく取り合おうとしませんでしたけどね」

細谷が言った。

「黙殺されたことで、作田氏は態度を硬化させたでしょ？」

「ええ。社長に悪態《あくたい》をついて、大荒れでしたよ。チンピラどもに社長をレイプさせるとか、この会社をぶっ潰してやるとか、いろいろ脅し文句を並べました」

「それでも、利香さんは顔色一つ変えなかった？」

「ええ。怯《おび》えるどころか、反対に作田に軽蔑《けいべつ》の眼差《まなざ》しを向けてましたよ」

「勝ち気な彼女らしいな」

「そうですね。社長に蔑《さげす》まれて頭にきたのか、作田は最後にここに来たとき、『おまえをぶっ殺してやる』なんて捨て台詞《ぜりふ》を吐いて出ていきました」

「それは、いつのことです？」

「えーと、五日前の夕方です。大声で喚《わめ》いたので、その捨て台詞は事務所の者が何人も聞いています。なんでしたら、二、三人、証人をここに呼びましょうか？」

「それには及びません。それはそうと、その後、作田氏はここに？」

「一度も現われてません。脅迫電話もかかってこなくなりました」

「捨て台詞を吐いて、気持ちが晴れたんだろうか」

見城は呟《つぶや》いた。

「作田は、そんな奴ではありませんよ。もしかしたら、あの男が犯罪のプロを雇って、うちの社長を殺させたのかもしれないな」

「サラリーマンがそこまで考えるだろうか」

「堅気の中にも、けっこう危ない奴がいますからねえ。案外、わかりませんよ」

「作田氏に関する資料は、こちらにまだ残ってます？」

「うちでお世話した転職者のファイルは、すべて揃《そろ》っています。いま、持ってきましょう」

細谷が応接ソファから腰を浮かせた。

見城は脚《あし》を組んで、また紫煙をくゆらせはじめた。ロングピースを半分ほど灰にしたとき、水色のファイルを小脇《こわき》に抱えた細谷が戻ってきた。

見城は喫《す》いさしの煙草の火を揉《も》み消し、差し出されたファイルを受け取った。

作田の顔写真を見てから、自筆の履歴書に目を通す。住民票の写しや納税証明書まで添えてあった。見城は作田の顔を脳裏に刻みつけ、自宅や勤務先の住所や電話番号を手帳に書き留《と》めた。

「午前中に警察の方がここに見えましたが、作田のことは話しませんでした。下手に作田のことを喋《しゃべ》ったら、後《あと》で面倒なことになると思ったものですので」

細谷が声をひそめた。

「なぜ、こっちには喋る気になったんです？」

「あなたは、社長と恋愛関係にあったというお話でしたので、作田のことを話す気になったんですよ」

「そういうことですか。作田という男がクロとは思えませんが、一応、ちょっと調べてみましょう」

「そのほうがいいと思います」

「作田氏のほかに、利香、いえ、社長を恨んでた人物は？」

「ほかには思い当たる人物はいませんね。ただ、ちょっと気になることがありました」

「どんなことなんです？　口は堅いつもりです」

「見城さんは、社長に離婚歴があったことはご存じでした？」

「ええ、知ってました。二年前に彼女と別れた夫の永滝修司《ながたきしゅうじ》氏の不倫調査をした縁で、故人と親しくなったんです」

見城は答えた。

永滝は三十七歳で、広告デザイン会社を経営している。彼は若い女性社員と不倫関係になったことで、利香と離婚する羽目になったのだ。

「永滝さんをご存じなら、話が早いな。面識もおありなんですか？」

「いや、面識はありません。こちらは先方の顔も行きつけのホテルもよく知ってますが、永滝さんのほうはわたしを知らないはずです」

「そうですよね。まさか探偵さんが不倫カップルの前にのこのこ出ていけませんものね」

細谷が自分で言って、さもおかしそうに笑った。

「永滝氏がどうかしたんですか？」

「実はですね、永滝さんが一昨日《おととい》の夕方、この事務所に来たんですよ。社長に、お金を借りに来たんです。なんだか弁解するようですけど、別に聞き耳を立ててたわけじゃないんですよ。社長室といっても、パーティションで仕切られてるだけですから、遣《や》り取《と》りは厭《いや》でも耳に届くんです」

「でしょうね」

「社長の元夫は、明日中に銀行の口座に三百万円を入金しないと、振り出した小切手が不渡りになってしまうと泣《な》き言《ごと》を繰り返していました」

「永滝氏は、そっくり三百万円を貸してほしいと言ったんですか？」

「ええ、そうです。きちんと借用証を書くと言って、何度も頭を下げたようでしたが」

「……」

「利香は金を貸さなかったんですね？」

「はい。別れたご亭主は床に額まで擦《こす》りつけたようでしたが、社長は一円たりとも貸す気はないと冷たく言い放ったんです」

「永滝氏の反応はどうでした？」

「男のプライドを踏みにじられて逆上したんでしょう、社長を悪《あ》しざまに罵《ののし》りました。それから一発平手打ちを見舞って、憤然《ふんぜん》と社長室から飛び出してきました。目を合わせるのは気の毒な気がしたんで、わたしは下を向いてましたよ」

「そうですか」

「永滝さんがやってる広告デザイン会社は不渡りを出して、もう倒産してしまったかもしれません。この不景気で、広告業界はどこも厳しいようですからね」

「金を借りられなかったからって、別れた女房を殺す気になるとも思えないがな」

「しかし、永滝さんは自尊心をずたずたにされたわけですから、社長に対する憎しみは相当なものだったと思いますよ」

「それは、そうでしょうがね。ついでに、永滝さんのこともちょっと調べてみましょう。お取り込み中に、申し訳ありませんでした。ご協力に、感謝します」

見城は礼を述べて、腰を上げた。エレベーターホールに急ぎ、一階に降りた。

ＢＭＷのエンジンを始動させたとき、携帯電話が鳴った。手早く耳に当てる。

「見城ちゃん、生きてるか？」

百面鬼《どうめき》竜一《りゅういち》の声が流れてきた。

「ハイエナ刑事《デカ》か」

「ご挨拶《あいさつ》だな。そろそろ誰か咬《か》めそうな奴をめっけたんじゃねえかと思ってさ、電話してみたんだ」

「あいにくだね。そんな獲物は、どこにもいないよ」

「とか言って、獲物を独り占めする気なんじゃねえのか。そんなことしたら、手錠《ワッパ》打つぞ。何しろ、おれはそっちの弱みを握ってるからな」

「そいつは、お互いさまじゃないか」

見城は言い返した。

百面鬼は、新宿署刑事課強行犯《きょうこうはん》係の現職刑事だ。四十歳である。職階は警部補だが、いまだに平の刑事だった。

やくざに間違われることが多い。剃髪頭《スキンヘッド》で、いつも薄茶のサングラスをかけている。服装も派手だ。

百面鬼は署内の鼻抓《はなつま》み者だった。職務そっちのけで、強請やたかりに励んでいる。暴力団や風俗店経営者たちに金や女を貢《みつ》がせるだけではなかった。押収した銃刀や麻薬を地方の暴力団にこっそり売り捌《さば》いて、小遣いにしていた。

百面鬼は警察庁や警視庁の有資格者《キャリア》や所轄署の署長たちの不正や弱みを握っていた。

そんなことで、悪徳警官の取締まりを担当している本庁警務部人事一課監察も百面鬼には手を出せなかった。警察庁の首席監察官も同じだった。彼を摘発したら、腐敗しきった警察社会そのものが暴《あば》かれることになるからだ。

アクの強い百面鬼には、友人らしい友人はいなかった。しかし、なぜだか極悪刑事は見城には気を許している。

かれこれ十二年以上の腐れ縁だ。たまたま二人は、射撃でオリンピック出場選手の候補に選ばれた。どちらも予選で落ちてしまったのだが、そのときの残念会で意気投合したのである。百面鬼は強請の相棒でもあった。

「百《どう》さん、今朝《けさ》、代々木公園のそばに駐まってた保冷車の中で全裸女性の死体が発見された事件《ヤマ》を知ってる？」

見城は訊《き》いた。

「おい、おい！　一応、おれは現職だぜ。覆面《メン》パトの中で、無線ぐらい聴いてらあ」

「凍死させられた国分利香って女は、サイドビジネスの上客だったんだよ」

「ほんとかよ!?　なら、二人でその事件《ヤマ》を調べてみようや。うまくすりゃ、丸々と太った獲物が見つかるかもしれねえからさ」

「そうだな。これから、ちょっと調べてみようと思ってるんだ。ダークビジネスになりそうだったら、百《どう》さんに連絡するよ」

「おう、待ってらあ」

百面鬼が急に元気づいた。

見城は電話を切り、車を発進させた。作田の勤務先に向かう。

2

受付の前で足を止めた。

ユニバーサル保険の日本支社である。丸の内のオフィスビルの十二階だった。

「警視庁の者です」

見城はFBI型の模造警察手帳を丸顔の受付嬢に短く呈示《ていじ》した。受付嬢の顔に、緊張の色が拡《ひろ》がった。午後四時前だった。

「作田善仁さんにお目にかかりたいんですよ」

「もう作田は、社員ではありません」

「えっ、会社を辞めたんですか⁉」

「詳しいことはわかりませんが、一昨日《おととい》、解雇されたようです」

「そうだったのか。無駄足になったな」

「あのう、彼が何か悪いことをしたのでしょうか？」

「いや、そういうことじゃないんだ。ちょっと事情聴取させてもらおうと思っただけですよ。作田さんの自宅に行ってみます」

見城は受付嬢に背を向け、エレベーターホールまで大股で歩いた。

地下駐車場まで下《くだ》り、ＢＭＷに乗り込む。作田の自宅は北区赤羽にある。

見城はＢＭＷで赤羽に向かった。

目的の家を探し当てたのは、およそ四十分後だった。古い家屋だが、敷地は割に広かった。八十坪はありそうだ。

見城は生垣《いけがき》の際《きわ》にＢＭＷを停めた。そのまま路上駐車する。

車を降りたとき、垣根《かきね》越しに焚火《たきび》が見えた。灰色のジャージの上下を身に着けた中年男が、庭の片隅で雑誌を燃やしていた。炎が男の顔を照らしている。作田だった。

見城は勝手に門扉《もんぴ》を潜《くぐ》り、枝折戸《しおりど》を押した。

庭に足を踏み入れると、気配で作田が振り返った。

「あんた、誰？　無断で他人《ひと》んちに入らないでくれっ」

「失礼しました。警察の者です。中村といいます」

見城はありふれた姓を騙《かた》り、焚火に近づいた。模造警察手帳をちらりと見せ、足許《あしもと》に視線を落とす。

ＳＭ小説誌が五、六冊積んであった。見城の頭に、革紐《かわひも》で亀甲《きっこう》縛りにされて凍死していた国分利香のイメージが浮かんだ。

「警察がわたしに何の用があるんだっ。別に法に触《ふ》れるようなことはしてないぞ」

「その類《たぐい》の雑誌、だいぶお好きなようですね」

「昔、息抜きに読んだ程度だよ。書斎を片づけたついでに、不要になった雑誌を燃やしてるんだ」

「そうですか」

「用件を早く言ってくれ」

作田が促《うなが》し、ＳＭ小説誌のページを引き千切《ちぎ》りはじめた。

「国分利香さんが殺害された事件、ご存じでしょ？」

「知ってるよ、テレビや新聞で派手に報道されてたからな」

「当然、彼女が革紐で亀甲縛りにされてたことも知ってますよね？　ああいう特殊な縛り方は、普通の人間にはできないんじゃありませんか」

「何が言いたいんだっ」

「作田さんは、どっちの気《け》があるんです？　多分、Ｓの傾向があるんでしょうね」

「おい、何を言い出すんだ⁉　わたしはサディストでもマゾヒストでもない。ノーマルな人間だって、好奇心からＳＭ小説誌ぐらい読むさ」

「そう興奮しないでくださいよ。別に作田さんが国分利香を亀甲縛りにしたと言ったわけじゃないんですから」

「不愉快だ。帰ってくれ！」

「謝ります、謝りますよ。ですんで、事情聴取に協力してくれませんか」

見城は相手をなだめた。作田は憮然《ぶぜん》とした表情で押し黙っていた。

「作田さんは五日前の夕方、『ピックアップ・コーポレーション』に行かれましたよね」

「行ったよ。それがどうだと言うんだっ」

「そのとき、社長の国分利香さんと言い争いをして、最後に彼女をぶっ殺してやるという意味合いの捨て台詞を浴びせましたでしょ？」

「そんなことは……」

「作田さん、証人がいるんですよ。正直に話してほしいな」

「確かに、そういうことは言ったよ。しかし、本気で女社長に殺意を覚えたわけじゃない。言ってみれば、売り言葉に買い言葉ってやつさ」

「あなたは、だいぶ国分さんを恨んでたようですね？」

「恨んでたよ、はっきり言ってね。あの女の口車《くちぐるま》に乗せられてユニバーサル保険に移ってしまったんだが、外資系企業の勤務査定は決してフェアじゃなかった。能力や実力だけを評価するんじゃなく、上司の受けやコネの有無《うむ》まで加味されるんだよ」

「そうした不満が募《つの》って、あなたは会社をしばしば無断欠勤されてたとか？」

「無断欠勤なんか一度もしてない。休むときは必ず会社に電話したのに、それが上司に伝言されてなかったんだ。明らかに、同僚の厭《いや》がらせだよ」

「一昨日、解雇されたそうですね？」

見城は確かめた。

「不当解雇だよ。近々、『管理職ユニオン』に相談に行くつもりだ。それでも会社が折れなかったら、個人で裁判に持ち込んでやるっ」

「それはそれとして、作田さん、あなた、国分利香さんに別の外資系企業を紹介しろとしつこく迫ったそうじゃないですか」

「当然のことでしょ。わたしは以前の損保会社から引き抜かれて、ユニバーサル保険に移ったんだ。しかし、新しい職場は女社長から聞いてた話とまるで違ってた。詐欺《さぎ》に遭《あ》ったようなもんだよ」

作田が立ち上がって、言い募《つの》った。

「女社長にうるさくつきまとったことは認めますね？」

「ああ、それはな。しかし、わたしは国分利香の事件には関わってない。きのうは千葉の鴨川《かもがわ》のホテルに泊まってたんだ。一昨日、解雇通知を受けたんで、気晴らしに独り旅をする気になったんだよ」

「鴨川に一泊されて、きょう帰宅されたんですか？」

「そうだよ。家に帰ってきたのは午後一時半ごろだったかな。それから一休みして、書斎の片づけをしたんだ」

「泊まられたのは？」

「鴨川グランドホテルだよ。宿泊者カードには本名と自宅の住所をちゃんと書いておいたから、ホテルに問い合わせてもらってもかまわない」

「そうさせてもらいます。ところで、あなた、やくざ者とつき合いがあるんではありませんか？」

「あんた、わたしが筋者に女社長を殺《や》らせたと疑ってるのか⁉」

「なんでも疑ってみるのが刑事の習性なんですよ。気に障《さわ》ったら、勘弁してください」

「わたしは、まともな市民だぞ。やくざなんかとは、まったくつき合いがない。不愉快だ。もう何も話さんぞ」

「ご協力に感謝します」

見城は頭を下げ、作田の自宅の庭から出た。

車に乗り込み、NTTの番号案内係に鴨川グランドホテルの代表番号を教えてもらう。すぐに見城はホテルに電話をしてみた。作田の言ったことに、偽《いつわ》りはなかった。アリバイは成立したわけだが、作田が第三者に利香の殺害を依頼した疑いもある。

見城はBMWを数百メートル走らせ、すぐに路肩《ろかた》に寄せた。携帯電話を掴《つか》み上げ、飲み友達の松丸勇介《まつまるゆうすけ》の携帯電話を鳴らす。

二十八歳の松丸は、フリーの盗聴防止コンサルタントだ。要するに、盗聴器探知のプロである。

私立の電機大を中退した松丸は電圧テスターや広域電波受信機《マルチ・バンドレシーバー》などを使って、ホテル、オフィス、一般家庭に仕掛けられた各種の盗聴器を見つけ出している。新商売だが、かなり繁昌《はんじょう》しているようだ。それだけ、街には盗聴器が氾濫《はんらん》しているのだろう。

松丸は裏ビデオのコレクターだった。

露骨な性交シーンを観《み》すぎたせいか、彼は女性に対して不信感と嫌悪感を抱いている。そのことで、共通の友人の百面鬼にいつもゲイ扱いされていた。二人は顔を合わせるたびに、口喧嘩《げんか》をしている。その実、仲は悪くなかった。

電話が繋《つな》がった。

「松《まっ》ちゃん、忙しいか？」

見城は訊《き》いた。

「六時過ぎには、きょうのノルマはこなせそうっす。何か急用っすか？」

「いつものように逆の仕事になるが、電話保安器にヒューズ型の盗聴器を仕掛けてもらいたいんだ」

「いいっすよ。こっちの仕事を片づけたら、作業に取りかかります。場所は、どこなんすか？」

「赤羽なんだ」

「おれ、いま巣鴨《すがも》にいるんすよ。赤羽なら、そう遠くないっすね。百《どう》さんと二人で、また何か悪さするつもりなんでしょ？」

松丸が笑いを含んだ声で言った。

盗聴器ハンターは、見城の裏稼業を知っている。強請にこそ加わることはないが、彼は何かと見城のために働いてくれている。そういう意味では、助手のような存在だ。

見城は利香のことを手短に話し、作田の自宅の住所を教えた。

「自動録音装置付きの受信機を作田という男の家の近くに隠しておきますよ。九十分のマイクロテープを使えば、一日分の電話内容は完璧《かんぺき》に録《と》れるはずっす」

「テープの回収は、おれがやるよ」

「そうっすか。でも、見城さん、作田はシロなんじゃないっすかね。ただのサラリーマンが殺し屋《プロ》とコンタクトできるとは考えにくいでしょ？」

「おれもそう思ってるんだが、最近は常識を超えるようなことが次々に起こってるからな。一応、もう少しマークしてみたいんだ」

「そういうことっすか」

「松ちゃん、よろしくな」

「わかりました。それじゃ、そういうことで！」

松丸が先に電話を切った。

見城は車を赤坂に向けた。利香の元夫が経営する広告デザイン会社は、赤坂五丁目にある。目的の雑居ビルの斜め前に車を停めたのは六時十分前だった。夕闇が漂いはじめていた。

見城はＢＭＷを降り、古ぼけた雑居ビルに入った。

エレベーターで六階に上がり、『永滝プランニング』のオフィスに急ぐ。また偽刑事に成りすますつもりだ。事務所のドアを開けると、茶髪《ちゃぱつ》の若い男が私物を紙袋に詰めていた。ほかには、誰もいなかった。

視線が交わると、若い男が問いかけてきた。

「債権者の方ですか？」

「いや、そうじゃない。社長の永滝さんは？」

「どこかで自棄酒《やけざけ》でも飲んでるんじゃないですか」

「自棄酒？」

見城は反問した。

「ええ。きのう、会社が二度目の不渡りを出しちゃって、メインバンクが取引停止の通達をしてきたんですよ」

「つまり、この会社は事実上の倒産に追い込まれたってわけか」

「その通りです。われわれ社員は二カ月前から給料を貰ってないんですよ。それで、みんな、もう辞めちゃったんです。再建の見込みもありませんので、ぼくも見切りをつけることにしました」

「永滝さんの居所、わからないかな」

「さあ、ちょっとわかりませんね。おたくはどなたなんです？」

「えっ⁉　社長、何か危《ヤバ》いことをしてたんですか」

相手が驚いた表情で訊いた。

「いや、ちょっとした事情聴取なんだ」

「そうですか」

「きのうの夜、永滝さんがどこで何をしてたかわかる？」

「朝から街金《まちきん》を駆けずり回ってたようですけど、夕方、ちょっとオフィスに顔を出して、
また外に出ていきましたよ。その後のことは、わかりません」

「そう。社長は、いまも末広真砂子《すえひろまさこ》さんと特別な関係なのかな」

「刑事さんがなぜ、そんなことまで知ってるんです⁉」

「ま、いいじゃないか。で、どうなのかな？」

「いまや内縁の夫婦って感じですよ」

「それじゃ、二人は一緒に暮らしてるんだね」

「ええ、そうです」

「末広真砂子が借りてた目黒のアパートで同棲《どうせい》してるの？」

「いいえ。二人は『乃木坂《のぎざか》レジデンス』に住んでますよ。部屋は、確か九〇八号だった
「警視庁の者だよ」

と思います」

「末広さんは、いまもここで働いてるの？」

「一年ぐらい前までデザインの仕事をやってましたけど、いまは働いてません」

「そうなのか。それじゃ、永滝さんの自宅に行ってみるよ」

「刑事さん、社長は手形詐欺でもやったんじゃないんですか」

「どうして、そう思ったんだい？」

見城は逆に質問した。

「だいぶ前から経営がうまくいってなかったんですよ。だから、追いつめられて社長は何か悪さをしたんじゃないかと思ったんです」

「そうか。きみは、永滝社長が二年前に離婚したことを知ってるだろう？」

「ええ、知ってますよ。あっ、そうか！　今朝《けさ》、別れた奥さんの凍死体が保冷庫の中で発見されましたよね。その事件の聞き込みなんでしょ？」

「うん、まあ。永滝社長、別れた奥さんのことを社員たちにどんなふうに言ってた？」

「冷たい女だと言ってましたよ」

「そう。妙なことを訊くが、社長は柄の悪い奴らとつき合いがなかった？」

「多少のつき合いはあったと思うな。社長はある時期、東門会《とうもんかい》が仕切ってる違法カジノに出入りしてましたんで」

「なら、やくざと繋《つな》がりがありそうだな」

「刑事さん、社長が別れた奥さんを殺したんですか？」

「いや、その疑いは薄いと思うよ。役に立つ話をありがとう」

見城は片手を挙げ、『永滝プランニング』を出た。

BMWに乗り込み、乃木坂に向かう。『乃木坂レジデンス』までは、ほんのひとっ走りだった。見城は車を降り、マンションの集合インターフォンに足を向けた。

オートロック・ドアで、勝手にはマンションの内部に入れない。九〇八とテンキーを押すと、若い女性の声で応答があった。

「どちらさまでしょうか？」

「警察の者です。永滝さんは、ご在宅でしょうか？　ちょっとうかがいたいことがあるんですよ」

「外出しています」

「行き先は？」

「多分、調布のほうだと思います」

「調布ですか」

「はい。警察の方なら、ご存じでしょうけど、彼の元妻が誰かに殺されたんです。国分利香という女性です。その方の実家が調布にあって、そこで今夜、仮通夜が執《と》り行われることになってるらしいんです」

「永滝さんは弔問《ちょうもん》に行かれたんですね？」

「ええ。彼はそうすると言って、四、五十分前に出かけました」

「そうですか。実は国分利香さんの事件のことで、永滝さんに話をうかがいたかったんですが」

見城は言った。

「あのう、彼は疑われてるのですか？」

「別に、そういうことではないんですよ。失礼ですが、あなたは末広真砂子さんではありませんか？」

「ええ、そうです。警察は、わたしのことまで調べ上げたんですね。ということは、彼が事件に深く関わってる疑いが……」

「お手間は取らせませんので、少し部屋で話を聞かせてもらえませんか」

「わかりました。いま、ロックを解除します」

真砂子の声が途絶《とだ》えた。

見城は『乃木坂レジデンス』のオートドアを潜《くぐ》り、広いエントランスロビーを進んだ。エレベーターは三基もあった。手前のエレベーターを使って、九階に上がる。九〇八号室のチャイムを鳴らすと、待つほどもなく真砂子がドアを開けた。

「警視庁の中村です」

見城は平然と偽り、模造警察手帳を短く見せた。真砂子が緊張した面持《おもも》ちで、スリッパラックに片腕を伸ばした。

「どうぞお上がりください」

「いえ、ここで結構です」

見城は三和土《たたき》に立ち、後ろ手に玄関ドアを閉めた。

「主人は、いえ、永滝さんはどこまで疑われてるんでしょう?」

「早合点しないでください。警察は、まだ永滝さんをマークしてるわけじゃないんですよ。ただ、少し気になる点がありましてね」

「それは、どんな点なのでしょう?」

「実は一昨日の夕方、永滝さんは国分利香さんのオフィスを訪ねて三百万円の借金を申し込んでるんですよ」

「その話は、彼から聞きました。永滝さんは床に伏してまで頼んだそうですけど、利香ざんに冷たくあしらわれたと言っていました。男として、そこまではやりたくなかったと思います。でも、二度も不渡りを出したら、銀行と取引ができなくなります」

「それで永滝さんは恥を忍んで、元妻のオフィスに行かれたんですね？」

「ええ、そうです」

「永滝さんは利香さんのことを悪《あ》しざまに罵《ののし》って帰られたようです」

「でしょうね。ここに帰ってきても元妻の悪口を言っていました。わたし、利香さんの気持ちもよくわかります。自分を裏切った男に手を差し延べる気にはなれませんものね。だから、わたし、彼に言ってやりました。利香さんを恨むのは筋違いだって」

「まだ若いのに、なかなかいいことを言うね」

「誰でも、そう思うんじゃないかしら？」

　真砂子は幾分、照れ臭そうだった。

「永滝さんはあなたの言葉に、どんな反応を示しました？」

「しばらくぶつくさ言っていましたが、しまいには納得したようでした」

「そうですか。『永滝プランニング』は、どうなるんです？」

「銀行に見放されてしまいましたから、再建は無理だと思います。彼と二人で再出発するつもりです」

「永滝さんは利香さんが殺されたことを知ったとき、どんなふうでした？」

「男泣きに泣いていました。元妻といっても、一度は惚《ほ》れ合って夫婦になったわけでしょうから、当然だと思います」

「参考までにうかがいたいんだが、きのうの晩から今朝《けさ》にかけて永滝さんはどちらにいました？」

「昨夜九時過ぎから、ずっと自宅にいましたよ」

「あなた以外に、そのことを証明できる方は？」

「それは、いません。金策尽きて、二人で明け方近くまでお酒を飲んでたんです。内縁の妻の証言は効力がないそうですけど、わたし、嘘《うそ》なんかついてません。刑事さん、どうか信じてください」

「信じたいが、身内や同居人の証言だけだと……」

「彼は人殺しなんかできる男性《ひと》じゃありません」

「自分で手を汚さなくても、人を殺害する方法はあります。わずかな報酬で人殺しを請《う》け負《お》う犯罪者が現にいる」

「それは、そうですけど」

「永滝さんは違法カジノに出入りしてて、東門会のやくざとも多少のつき合いはあったようだね」

「彼が暴力団の組員を雇って、利香さんを始末させたって言うんですか!?」

「そういう可能性もなくはないというだけの話ですよ」

「彼は社員たちの給料も払えない状態だったんです。殺し屋を雇うお金なんかあるわけありません。もうお引き取りくださいっ」

「あなたを怒らせる気はなかったんだが」

見城は小さく苦笑し、そそくさと廊下に出た。

調布市内にある利香の実家を訪ねて、永滝に直《じか》に訊《と》くべきか。それとも利香の自宅マンションに忍び込んで、事件を解く手がかりを探すべきだろうか。

見城は迷いながら、廊下を進んだ。

3

弔《とむら》いの客は引きも切らない。

故人が若かったから、その死を悼《いた》む者が多いのだろう。しかも、無残な最期《さいご》だった。

見城は、利香の実家の斜め前の暗がりにたたずんでいた。

深大寺《じんだいじ》の裏手の閑静な住宅街である。国分邸の前庭には、ひと目で刑事とわかる男たちが三、四人立っていた。代々木署に置かれた捜査本部の捜査員たちだろう。

見城は仮通夜の席で、永滝に接触するつもりでいた。しかし、捜査員たちの近くで刑事に化けるわけにはいかない。やむなく見城は路上で、永滝が国分邸から出てくるのを待つことにしたのだ。あと六、七分で、午後七時半になる。

見城は煙草を吹かしながら、ひたすら待ちつづけた。

永滝が姿を見せたのは七時四十分ごろだった。黒っぽいスーツを着ている。ハンカチで目頭を押さえ、永滝は足早に見城の前を通り抜けていった。

見城は永滝を追った。永滝は三、四十メートル歩き、薄茶のボルボの横で立ち止まった。

見城は、ドア・ロックを外した永滝に声をかけた。永滝が振り返った。

「捜査本部の中村といいます。永滝修司さんですね？」

「はい」

「二、三、うかがいたいことがあるんですよ」

「別の刑事さんたちの事情聴取をもう受けましたが……」

「ええ、それはわかっています。地取り捜査で新証言を得たものですから、改めて話をうかがいたいんですよ」

見城は永滝と向かい合った。

「新証言といいますと？」

「あなた、一昨日《おととい》の夕方、元妻のオフィスを訪ねましたでしょ？」

「は、はい」

「そして、国分利香さんに三百万円貸してくれないかと頭を下げましたよね」

「ええ。しかし、元妻はわたしには一円も貸したくないと言いました」

「あなたは利香さんに悪態をついたらしいな」

「ええ、まあ。わたし、床に額を擦りつけて金を貸してくれって頼んだんですよ。そこまでしたのに、たった三百万の金も回してくれないのかと無性《むしょう》に腹が立ちましてね」

「短気な奴なら、相手を殺してやりたいと思うかもしれないな」

「け、刑事さん！　まさかわたしが利香を殺したとでも？」

「そうは言ってません。ただ、あなたには犯行動機がある」

「だからって！」

「実は調布に来る前に、乃木坂のご自宅にうかがったんですよ。同居されてる末広真砂子さんにお目にかかりました」

「それなら、わたしが事件には無関係だってことはわかるでしょ！　昨夜九時過ぎから今朝にかけて、わたしは自宅で真砂子と一緒に酒を飲んでたんですから」

「末広さんも、そう証言しました。しかし、意地悪く考えれば、あなたと末広さんが口裏を合わせた可能性もゼロではないわけだ」

「わたしたちが、なぜ、そんなことをしなけりゃならないんですっ」

「一昨日の夕方、あなたは元妻に自尊心を傷つけられた」

「それは確かですが、それだけのことで利香を殺す気になるわけないでしょうが。彼女は、かつて妻だったんです」

「元妻を殺害した事例は、いくらでもあります」

「おたくは、何が何でもわたしを犯人にしたいようだなっ」

「それは曲解です。いわゆる第三者の証言がないこと、それから永滝さんが東門会の仕切ってる違法カジノに出入りしてたことの二点に少し引っかかってるだけですよ」

見城は言って、永滝の顔を見据えた。

犯罪者の多くは疚《やま》しさがあると、無意識に目を逸《そ》らす。強《したた》かな前科者は視線こそ外さないが、どこか素振りが落ち着かなくなるものだ。

永滝は挑むように見城を睨《にら》み返してきた。顔全体に、怒りが表れていた。

「違法カジノに出入りしたことはありますよ。東門会の若い衆とも何人か顔馴染《なじ》みになりました。それだからって、わたしが彼らを使って利香を始末させる気になるわけないでしょ！　第一、借金だらけのわたしには殺しの報酬を払う余裕なんてありませんよ」

「誇りの高い男なら、借金してでも屈辱感を与えた相手をやっつけたいと思うんじゃないのかな」

「わたしをそこまで疑うんなら、これから一緒に東門会の本部事務所に行こうじゃないか。知り合いの若い衆を全部呼び集めてもらうから、わたしが彼らの誰かに殺人依頼をしたかどうか、おたくが直《じか》に訊けばいい」

「そんな子供じみたことをする気はありません。もう結構です。どうぞ車にお乗りください」

見城は少し後ろに退《さ》がった。

永滝が憎々しげに見城を睨《ね》めつけ、無言でボルボの運転席に入った。スウェーデン製の車はすぐに走り去った。

永滝はシロだろう。見城は胸底で呟《つぶや》いた。元刑事の勘だった。

心証では、作田善仁もシロだ。となると、誰が利香を葬《ほうむ》ったのか。身内か弔問客から、何か得られるかもしれない。

見城は逆戻りし、利香の実家の敷地に足を踏み入れた。

捜査員たちの鋭い視線が一斉《いっせい》に注がれた。

だが、誰も話しかけてこない。見城は彼らに目礼して、石畳を進んだ。和風庭園に囲まれた数寄屋造りの家屋は割に大きかった。玄関の戸は開け放たれていた。奥から、読経《どきょう》の声が流れてくる。

玄関の前に、葬儀社の社員らしき男が立っていた。四十代の後半だろう。

見城は男の案内で、奥の広い仏間に通された。

亡骸《なきがら》は北枕《きたまくら》に安置され、三人の僧侶《そうりょ》が横一列に並んで声明《しょうみょう》を唱《とな》えていた。遺体の周《まわ》りには、遺族らしい男女が悄然《しょうぜん》と坐っている。利香の友人や知人と思われる者たちが、僧侶たちの後ろに正坐していた。二列だった。

見城は後列の端に連《つら》なった。

あちこちから嗚咽《おえつ》が洩《も》れてくる。見城は人々の肩越しに、真新しい寝具にくるまった亡骸を見た。故人の顔面は白布で覆われていた。

利香を何度抱いたのだろうか。

十度や二十度ではない。少なくとも三十回以上は肌を貪《むさぼ》り合った。利香の体の隅々まで知り尽くしていた。黒子《ほくろ》のある場所も鮮明に憶《おぼ》えている。

目をつぶると、利香の痴態《ちたい》が次々に脳裏に蘇《よみがえ》った。悦《よろこ》びの声も、はっきりと思い出せる。

幾度も肌を合わせた利香は、すでにこの世にいない。まだ死顔を見ていないからか、およそ現実感がなかった。

焼香の刻《とき》がきた。

香炉が回されはじめた。人々は読経《どきょう》を聴きながら、坐ったまま焼香した。見城も香を手向《たむ》け、そっと合掌した。

三人の僧侶が立ち上がって、別室に移った。それから間もなく、三十五、六歳の男が弔問客に深々と頭を垂れた。彼は利香の兄であることを明かし、型通りの挨拶をした。

挨拶が終わったとき、三十歳前後の女性が言葉を発した。

「利香さんのお顔を見せていただけますか？」

「ええ。妹は、とても穏《おだ》やかな顔をしています」

故人の兄が白い布を捲《めく》った。弔いの客たちが遺体に近寄った。

見城も前に進み出た。利香の死顔は美しかった。苦痛の色は、みじんも浮かんでいない。それが、せめてもの救いだった。

見城は改めて手を合わせた。胸の奥から、悲しみが込み上げてきた。

まるで恋人を亡くしたような気持ちだった。単なる情事代行の上客と思っていたが、いつしか情《じょう》が移っていたのだろうか。

死顔を見たいと言った女が遺体に取り縋《すが》って、泣きじゃくりはじめた。悲痛な声が人々の涙を誘う。泣き声が幾重《いくえ》にも重なった。

やがて、弔問客たちは別の部屋に導かれた。

そこには、酒と精進料理が並んでいた。見城は、故人の死顔を見たがった女のかたわらに坐った。彼女は利香の大学時代からの友人で、伊勢倫子《いせのりこ》という名だった。見城は故人の最後の恋人を装い、倫子に話しかけた。

「故人はちょっと気が強かったが、人に恨まれるような女性じゃなかったと思うんですよ」

「ええ、わたしもそう思います。だけど、現実には惨《むご》い殺され方をしたわけですので、彼女にはわたしたちの知らない面があったのかもしれません」

「そうなんですかね。故人が何かで悩んでた様子はありました？　こっちは、まるで気づかなかったんですよ」

「わたしも、そういう様子はまったく感じ取れませんでした。学生時代から利香は姐御《あねご》肌《はだ》でしたので、みんなの相談役だったんです。昔から、自分のことはあまり友人には話さないほうだったんですよ。あなたと恋仲だということも知りませんでした」

「そうでしょうね」

会話が中断した。

倫子の酌《しゃく》で、見城はグラスにビールを受けた。倫子は飲めない体質だという。目の前には、オレンジジュースが置かれている。

ビールを半分ほど飲んだとき、倫子が小声で利香の兄を呼んだ。見城は居住《いず》まいを正した。倫子が利香の兄に、見城のことを紹介した。見城は会釈《えしゃく》し、本名を名乗った。

「初めまして。利香の兄の直行《なおゆき》です。妹とは、どういった関係だったのでしょう？」

「利香さんが離婚されてから、親しくおつき合いさせてもらっていました。調査関係の会社を営《いとな》んでます」

「そうでしたか。妹は男性関係については何も打ち明けてくれませんでしたんで、あなたのような男性がいることすら知りませんでした」

国分直行がそう言い、見城のかたわらに正坐した。

「司法解剖で、妹さんの死因はわかったんでしょう？」

「はい。死因は凍死だそうです。それから妹の胃から、ベンゾジアゼピン系の睡眠導入剤とフェノチアジン系の向精神薬《こうせいしんやく》レボメプロマジンが検出されたという話でした」

「睡眠導入剤と向精神薬の錠剤を服《の》まされてたのか」

「ええ。警察の方の説明によりますと、ベンゾジアゼピン系の睡眠導入剤にはアルコールに似た作用があって、不眠症の治療薬として使われてるらしいんですよ」

「向精神薬のほうは？」

「レボメプロマジンという向精神薬は、精神科で治療に使われているそうです。ある程度の量を服用すると、自分の意思では体が動かせなくなったり、眠くなって昏睡《こんすい》状態に陥ったりするらしいんです」

「妹さんは、犯人に無理矢理に睡眠導入剤と向精神薬を服まされた後《あと》、革紐で縛られて大型保冷車の中に放り込まれたんでしょう。ひどいことをしやがる」

見城は固めた拳《こぶし》を震わせた。

「捜査員の方も、そういう見方をされていました。惨忍な犯人は赦《ゆる》せませんが、妹が苦しまずに死んだことが唯一の慰めです。多分、利香は眠ったまま息絶えたんでしょう」

「睡眠導入剤も向精神薬も医師の処方箋《しょほうせん》がないと、入手はできないんでしょ？」

「ええ、どちらも医者の処方が義務づけられているそうです。ただ、病院や薬局から盗み出されるケースが多いらしいんですよ。アルコールと一緒に睡眠導入剤や向精神薬を服用すると、幻覚症状に陥るというんです。そんなことから、一部の若者が〝トリップ遊び〟をしたくって、よく睡眠導入剤や向精神薬を盗んでるらしいんですよ。また、昏睡強盗といった犯罪にも使われているそうです」

「そういった連中がいるとなると、今度の事件の犯人が病院や調剤薬局の関係者だとは絞り込めなくなるな」

「ええ、そうですね」

「死亡推定時刻は？」

「今朝の二時から四時の間に凍死したのではないかということでした」

「そうですか。大型保冷車の所有者は当然、判明してますよね？」

「ええ。築地の水産加工会社の保冷車でした。しかし、車は一昨日の夜に中央区内の路上で盗まれたことが確認されたそうです」

「よくあるケースだな」

「そうみたいですね」

「保冷車に犯人の遺留品は？」

「何も見つからなかったそうです。革紐からも、犯人の指紋や掌紋《しょうもん》は採取できなかったというんですよ。それから、これといった目撃証言もね」

「手がかりはゼロってことか」

「そういうことになるんでしょうね」

利香の兄が肩を落とした。

「お兄さん、利香は何かトラブルをしょい込んでませんでした？」

伊勢倫子が会話に割り込んだ。

「きみもよく知ってると思うが、妹は自立心が強くて、親兄弟にも決して弱音を吐いたり、愚痴《ぐち》ったりしなかったんだよ。永滝さんと別れたときも、わたしや両親には一言の相談もなかったんだ」

「そうだったの」

「事業をやってたんだから、それなりに不安や悩みもあったんだろうけど、妹は何も言わなかった。兄貴は頼りにならないと思ってたのかもしれないな。わたしは親父のやってる精密機器会社の専務をやってるけど、年商はダウンしっ放しだから」

「経営手腕はともかく、二人っきりの兄妹《きょうだい》だったんですから、利香はどこかでお兄さんを頼りにしてたんじゃありません？」

「さあ、それはどうかな。わたしが頼りにならないので、妹は実家にもあまり寄りつかなかったのかもしれない」

「そうではなく、事業で忙しかっただけなんでしょう」

「どっちにしても、わたしはたったひとりの妹を救ってやれなかった。そのことが腑甲《ふが》斐《い》なく思えて……」

利香の兄は長嘆息し、うなだれてしまった。

倫子が何か言いかけ、急に口を噤《つぐ》んだ。見城も慰めようがなかった。飲みかけのビールを干し、煙草に火を点ける。

「お兄さん、利香の会社はどうされるんです？」

倫子が訊いた。

「わたしは自分の仕事で手一杯だから、妹の会社を引き継《つ》ぐわけにはいかないな」

「そうなると、会社は解散することになるのね。なんだかもったいない話だわ。わたしが育児に追われてなければ、利香の遺志を継《つ》いであげるんだけど」

「わたしだって、妹が苦労して設立した『ピックアップ・コーポレーション』を解散させるのは忍びないよ。誰か適当な後継者がいたら、妹の代わりに会社をやってもらいたいんだが……」

利香の兄がいったん言葉を切って、見城に顔を向けてきた。

「もしよかったら、見城さんに妹の会社をお任せしますよ」

「せっかくのお話ですが、いまの仕事を投げ出すわけにはいきません」

「そういうことなら、もちろん無理強《じ》いはしません。調査関係というと、具体的にはどのようなお仕事を？」

「実は探偵社をやってるんですよ」

見城は表稼業の名刺を国分直行に渡した。

「調査会社や探偵社には、元警察関係者が多いそうですね？」

「ええ。わたしも六年前まで、赤坂署で刑事をやってました」

「そうだったんですか」

「庭に捜査員が何人かいるようですが、彼らにわたしが元刑事だということは喋らないでいただきたいんですよ」

「なぜ、そのようなことを？」

「わたしなりに、事件の真相を探《さぐ》ってみたいからです。妹さんの仇《かたき》を討《う》ってやりたい気持ちなんです」

「ぜひ、お願いします。捜査当局のやり方を見てると、なんだかもどかしくて。きょう一日かかって、妹の自宅と会社を調べたのに、何も手がかりを得られなかったというんですよ」

「捜査本部の者は帳簿の類《たぐい》を持ち出しました？」

「いいえ。現場で、キャビネットや机の中をチェックしただけだと言っていました。自宅マンションやオフィスのスペアキーは、わたしが預かっています。妹の葬儀が終わったら、どちらも引き払うつもりです」

「一両日、自宅マンションと会社のキーをお借りできませんか。何か手がかりが得られるかもしれませんので、ちょっと調べてみたいんですよ。もちろん、現金や預金通帳には触れません」

「いいでしょう。いま、鍵を持ってきます」

利香の兄が腰を上げ、すぐに部屋から出ていった。

「一日も早く犯人を見つけてくださいね」

倫子が言って、見城のグラスにビールを注いだ。

見城は大きくうなずいた。

4

徒労に終わった。

見城は肩を落とした。『ピックアップ・コーポレーション』の社長室だ。

約一時間かけて、執務机やキャビネットの中を検《あらた》めてみた。

しかし、事件と関わりのありそうな書類や帳簿は見つからなかった。書棚や資料棚もチェックしてみたが、やはり結果は虚《むな》しかった。

見城は布手袋《ぬのてぶくろ》をした手で、社長室の電灯のスイッチを消した。

ちょうどそのとき、オフィスの出入口のあたりで小さな物音がした。ドアのノブを回す音だった。事件の犯人が事務所を物色しにきたのかもしれない。

見城は忍び足で社長室を出た。事務フロアの照明は最初から灯《とも》していなかった。見城は応接コーナーのパーティションにへばりつき、息を殺した。神経を耳に集める。

事務所のドアが開閉され、誰かが入ってきた。

足音は一つだ。なぜか、灯《あか》りを点けようとしない。

事件の関係者か、ビル荒らしだろう。見城は確信を深めた。早く侵入者の顔を見たかったが、飛び出すのは早過ぎる。不審者に逃げられる恐れがあった。

少し経《た》つと、急に足音が熄《や》んだ。怪しい人物は手探《てさぐ》りで電灯のスイッチを入れる気になったのか。

見城はパーティション伝いに少しずつ出入口に近づいた。

三メートルほど横に移動したとき、床に何か液体が撒《ま》かれた。すぐに灯油の臭《にお》いが漂ってきた。この事務所に火を点ける気らしい。

見城は床を蹴《け》った。次の瞬間、通路から炎が躍《おど》り上がった。炎の向こうに、やくざ風の男がいた。二十七、八歳だろう。中肉中背で、鋭い目は糸のように細い。

男は見城に気づくと、抱えていたポリタンクを足許に投げ落とした。流れ出た灯油が一気に火の勢いを強めた。オレンジ色の炎は天井近くまで伸び上がり、黒煙が立ち昇りはじめた。火を放った男が身を翻《ひるがえ》した。逃げる気らしい。

見城は反射的に男を追おうとした。

しかし、すぐに思い留《とど》まった。まず火を消すことが先だ。

男が荒々しくドアを開け、事務所から飛び出していった。忌々《いまいま》しかったが、追いかけるわけにはいかない。

いつしか炎は、完全に通路を塞《ふさ》いでいた。

見城は後退し、素早く事務フロアの電灯を点けた。視線を泳がせる。

右手の小さなシンクの下に、赤い物が見えた。消火器だった。見城は走った。消火器を抱え上げ、手早くフックからゴムホースを外す。

見城は通路まで駆け戻り、レバーを力任せに絞った。ノズルヘッドから、白い噴霧《ふんむ》が迸《ほとばし》りはじめた。

見城はノズルヘッドを床に向け、左右に振った。炎が小さくなった。見城は燃えくすぶっている箇所《かしょ》に入念に消火液を振りかけた。ようやく火は鎮《しず》まった。

灰色のカーペットは畳二枚分ほど焼け焦《こ》げていた。

火災報知機は鳴らなかった。センサーは、シンクの近くの天井に設置されていた。鎮火するまで、煙はそこまで届かなかったのだろう。あるいは、火災報知機のセンサーが故障しているのか。

見城は空《から》になった消火器を通路に置き、事務所を出た。

人の姿は見当たらない。右手にある非常階段に目をやると、赤い警報ランプが点滅していた。どうやら放火犯は非常階段を使って、一階まで駆け降りたようだ。

見城は念のため、非常階段の踊り場に出てみた。下から風が吹き上げてくる。踊り場の手摺《てすり》越しに、眼下の暗がりを透《す》かして見た。

動く人影は見当たらない。

見城は『ピックアップ・コーポレーション』に戻り、モップで床の汚れをざっと拭《ぬぐ》った。電灯を消し、事務所を出る。見城は施錠して、エレベーターに乗り込んだ。

利香は、誰かの弱みを握っていたのではないか。おおかた彼女は、弱みの証拠をどこかに隠していたのだろう。だから、オフィスに火を放たれのではないか。

見城は函《ケージ》の中で推測しはじめた。

ビルを出て、ＢＭＷに乗る。十一時を回っていた。見城は車の中で、十五分ほど時間を遣《や》り過ごした。さきほどの男は、どこからも現われなかった。

見城は車を発進させ、西麻布に向かった。

二十分弱で、利香の住んでいたマンションに着いた。路上にＢＭＷを駐《と》め、国分直行から借りた鍵でマンションに入る。

見城は布手袋をしてから、部屋のドアロックを解いた。

元刑事の彼の指紋は、いまも警察庁のデータベースに登録されている。素手で事件関係者宅の物品に触《ふ》れるわけにはいかなかった。

見城は室内をくまなく調べ回った。

居間のリビングボードの引き出しの奥にあった利香名義の預金通帳を見つけたのは、日付が変わるころだった。通帳には一枚の書類が挟まれていた。

それは、利香と最大手消費者金融『山藤《やまふじ》』との間で交わされたモニター契約書だった。日付は昨年の九月末日になっていた。

契約期間は、なんと二十年間だった。『山藤』の代表取締役の矢内昌宏《やないまさひろ》の名の入った社判が捺《お》してあった。利香は直筆でサインをし、いる。三文判で捺印《なついん》している。

見城は銀行の通帳を開いた。

新規の総合口座は去年の十月一日に開かれている。同じ月の末日に、『山藤』から三百万円の入金があった。翌月から今年の三月まで毎月、同額が振り込まれている。併《あわ》せて千八百万円だった。モニターの謝礼にしては、あまりにも多すぎる。二十年という契約期間も不自然だろう。利香は『山藤』から闇融資を受けていたのか。

ゼネラルマネージャーの細谷の話だと、経営は順調だったらしい。事実、利香は羽振りがよさそうだった。

彼女は見栄を張っていたのだろうか。

見城は、また引き出しの中を引っ掻《か》き回しはじめた。だが、借用証の類は一枚もなかった。

利香は何か『山藤』の不正の事実を押さえ、脅迫していたのではないか。そう考えれば、月々三百万円が彼女の銀行口座に振り込まれていたことも合点がいく。

西新宿に本社を置く『山藤』は戦後最悪の不況と言われる今日も、着実に業績を伸ばしている。大手都市銀行の貸し渋りが顧客数を増やしたのだろう。いまや下手な商社を上回る年商を誇っている。

創業して、まだ三十年と歴史は浅い。前身は学生ローン会社だ。飛躍的な成長を遂げ、瞬《また》く間に消費者金融の最大手にのし上がった。

五十六歳の矢内社長の前歴は謎《なぞ》だらけだった。そんなことから、一部のマスコミは十年ほど前から折に触れて『山藤』にまつわる黒い噂《うわさ》を書きたててきた。

政官界、金融業界、暴力団などとの繋がりが繰り返し取り沙汰《ざた》されてきたが、『山藤』が摘発されたことは一度もない。法の番人たちも鼻薬をきかされているのか。そうではなく、『山藤』は単にやっかまれているだけなのだろうか。

それはとにかく、モニター料が月に三百万円とは考えられない。契約期間も長すぎる。

見城はそう考えながら、預金通帳とモニター契約書を上着の内ポケットに収めた。

もう一度室内を物色してみたが、録音データも画像データも見つからなかった。そうした物があるとすれば、利香は銀行の貸金庫の中に保管してあったのかもしれない。

見城は部屋の戸締りをして、エレベーターに乗り込んだ。

マンションを出ると、すぐに車を走らせはじめた。ルーマニア大使館のある通りに出て間もなく、パトカーの赤い回転灯が幾つも視界に飛び込んできた。警視庁機動捜査隊の覆面パトカーも見える。何か事件が起こったのだろう。

次の四つ角で、車輛《しゃりょう》通行止めになっていた。

見城は舌打ちして、ＢＭＷを脇道に入れた。左側に報道関係者の車が縦列《じゅうれつ》にびっしり並んでいる。新聞社の車が目立つ。テレビ局の車は数えられる程度だった。

見城はＢＭＷを徐行運転しながら、新聞社の社旗を一つずつ目で追った。

毎朝日報の車を見ると、後部座席に社会部の唐津誠《からつまこと》の姿があった。

四十二歳の唐津とは旧知の間柄だった。刑事時代はもちろんのこと、いまでも事件現場でちょくちょく顔を合わせる。唐津は社会部のエリートだったが、離婚を機に自ら遊軍記者を志願した変わり種《だね》だ。

見城は短くホーンを轟《とどろ》かせた。

唐津が見城に気がつき、驚いた顔つきになった。見城は数十メートル先で車を停止させ、すぐに外に出た。

唐津が黒塗りのセルシオから降り、小走りに駆け寄ってくる。いつものように流行遅れのツィードジャケットを着ていた。スラックスの折り目も消えている。

向き合うと、唐津がどんぐり眼《まなこ》を和《なご》ませた。

「よう、元気そうじゃないか。おたくとは二カ月近く会ってないよな？」

「そうですね」

「それにしても、おれたち、よく事件現場で顔を合わせるな。おたくとおれ、前世は夫婦だったのかもしれないぜ。ひっひひ」

「唐津さん、気持ち悪いこと言わないでくださいよ。奥さんと別れてから女日照《ひで》りがつづいてるからって、同性愛者になったんじゃないでしょうね」

　見城は茶化した。

「そこまで言うことないだろ。言いたかないけど、おたくにはスクープ種《だね》を数えきれないほど教えてやったよな。それで、新宿署の生臭坊主と組んで、だいぶおいしい思いをしたんだろう？」

「百《どう》さんとおれのこと、まだ疑ってるんですか。何遍《なんべん》も言ったけど、おれたちは別に悪さなんてしてませんよ」

「また、いつものおとぼけか。きょうは、どこの誰から口止め料をせしめてきたんだい？」

「まいったな。おれたち、強請なんかやったことありませんって」

「よく言うな。おたくが百《どう》さんとつるんで何かやってるのは先刻、承知してるよ。といっても、びくつくことはないぜ。おれは、おたくたちを官憲に売るようなことはしない。ただ、ちょっと淋《さび》しいんだよ」

「淋しい？」

「ああ。見城君とも百さんとも長いつき合いなのに、二人ともいっこうに警戒心を解こうとしないじゃないか。おれは、それが淋しいんだよ」

唐津が嘆いて、ぼさぼさ頭を手櫛《てぐし》で梳《す》き上げた。

見城は曖昧《あいまい》に笑い返した。唐津に裏稼業のことを隠し通しているのは、自己防衛のためだけではなかった。これまで数多くの情報を提供してくれた唐津に迷惑が及ぶことを避けたい気持ちもあった。

「ま、いいさ。おたくたちには、悪の美学というか、それなりの行動哲学があって、あえて人の道を外してるんだろうからな」

「どんな事件《ヤマ》があったんです？」

「うまく話題を変えたな」

「別に、そういうわけじゃありませんよ」

「いいって、いいって。ルーマニア大使館の近くの路上で、十数分前に撲殺事件があったんだ」

唐津が言った。

「被害者は？」

「彦坂憲和《ひこさかのりかず》、四十七歳だよ。彦坂は三人の男に金属バットで代わる代わるにぶっ叩《たた》かれて、救急車の中で息を引き取ったんだ。犯人グループの三人は散り散りに逃げたらしい」

「殺された彦坂は何者なんです？」

「悪質なリストラ請負人だよ」

「リストラ請負人？」

「そう。彦坂は大手企業に頼まれて、リストラ対象者たちをセックス・スキャンダルの主役に仕立てて、早期退職に追い込んでたんだ。対象者が堅物の場合は、妻や子供に罠《わな》を仕掛けてたらしい」

「ひとりに付き、どのくらいの報酬を貰ってたんだろう？」

「二、三百万貰ってたようだぞ」

「悪くないビジネスだな。この不景気で、多くの企業がリストラ対策に頭を悩ませてますからね」

「需要は多かったようだな。しかし、汚い商売だよ。彦坂という男は中間管理職には逆ヘッドハンティングという方法で、巧《たく》みに転職させてたらしいんだ」

「逆ヘッドハンティングというと、将来性のないお荷物社員に架空の引き抜き話をちらつかせて、早期退職させてたんでしょ？」

見城は確かめた。

「そうなんだよ。斡旋した会社は表向きは外資系の優良企業という触《ふ》れ込みだったらしいんだが、その実体は暴力団の企業舎弟や休眠会社だったというんだ。転職者たちはびっくりして、次々に辞表を書いたらしい。彦坂が逆ヘッドハンティングした人間の大多数は目下、失業中の身だってさ」

「悪質だな。彦坂は企業舎弟《フロント》と繋がってるぐらいだから、堅気じゃないんでしょ？」

「六年前に一応、熱川会《あたがわかい》を脱けてるが、素っ堅気じゃないんだろうな。組員時代には総会屋めいたことをやってたそうだ」

「そうですか」

「おそらく彦坂を撲殺した三人は、セックス・スキャンダルや逆ヘッドハンティングで早期退職した元一流企業の社員たちだろう」

唐津が言った。

見城の頭に、ユニバーサル保険を解雇された作田善仁の顔が浮かんだ。殺された国分利香も逆ヘッドハンティングめいたことをしていたのだろうか。

利香は事業欲が旺盛《おうせい》だったが、常識や倫理を無視するタイプではなかった。いくらなんでも、詐欺まがいの人材引き抜きはやっていなかっただろう。

「こんなふうに世の中が棘々《とげとげ》しくなると、人間の品性が卑《いや》しくなるな。困った時代だ」

「ほんとですね」

「高度成長の時代に入ってから日本人の精神は反比例するように荒廃しはじめたと誰かが言ってたが、まさにその通りだな。バブル全盛のころは、大半の国民がクレージーになってた。どいつも物や金を追い求めてて、大切なことを忘れてたからな」

「そうでしたね」

「見せかけの繁栄にどっぷり浸《ひた》ってた人々はバブル経済が弾けたとたん、コミカルなほど取り乱して、今度はやたら不安がってる。出来の悪い漫画を見せられてるようだよ」

「唐津さん、そろそろ論説委員になったほうがいいんじゃないですか」

「年上の人間をからかいやがって」

「僻《ひが》みっぽいなあ。唐津さんの言ったことは正論ですよ。しかし、そういう正論をまともに喋ったら、いまの時代では変人扱いされるでしょうね。いつからか、大人も子供も頭のネジが緩《ゆる》んじまったからな」

「おれは時代遅れの人間なのかもしれない」

「ええ、ちょっとね。でも、おれは唐津さんみたいに不器用な生き方しかできない男って、好きですよ。自分にはとてもできない生き方だから、憧《あこが》れが強いんでしょうね」

「よせやい。尻《けつ》の穴がこそばゆくなるじゃないか。それより、いつ約束を果たしてくれるんだよ」

唐津が唐突に言った。

「約束って？」

「おい、おい！　忘れるとは、ひどいじゃないか。おれから大きな情報《ネタ》をぶったくるたびに、高級ソープランドに招待してくれるって言ってたじゃないか」

「そういえば、そうだったな。しかし、その店、先々月に潰れちゃったんですよ」

「また、逃げられたか。おたくは、いつも遣《や》らずぶったくりだね」

「そのうち、いい店を見つけておきますよ。それまで援助交際の相手を探すんですね。まだ四十二歳なんだから、女っ気なしじゃ、体に毒ですよ」

見城は冗談を言って、ＢＭＷの運転席に入った。

唐津がオーバーに肩を竦《すく》め、大股《おおまた》でセルシオに戻っていった。

見城はＢＭＷを走らせはじめた。南青山三丁目にある馴染みの酒場に顔を出すつもりだった。

第二章　不自然なモニター謝礼

1

ドア越しに軽快なフォービートが聴こえる。

チック・コリアのナンバーだった。日付が代わり、午前一時を過ぎていた。

見城は『沙羅《さら》』の重厚な扉を開けた。馴染みのジャズバーだ。店は古びたビルの地下一階にある。利香の仮通夜に顔を出した帰りだった。

見城は店内を眺め渡した。

右手のL字形のカウンターの真ん中に百面鬼がいた。その左手に、常連客たちの顔が見える。ボックスシートには誰も坐っていない。

無口なバーテンダーが見城に目顔《めがお》で挨拶《あいさつ》した。百面鬼がスツールごと振り返った。トレードマークのサングラスをかけ、茶色の葉煙草《シガリロ》を横ぐわえにしている。紫色のスーツをまとっていた。ネクタイは芥子《からし》色だ。肩と胸が厚い。百面鬼は身長百七十センチだが、大柄に見える。

見城はカウンターに歩み寄り、百面鬼の右隣に腰かけた。

百面鬼の前には、いつものように見城のキープボトルが置いてある。ブッカーズだ。

「今夜も、おれのバーボンをせっせと減らしてくれてるわけか」

「そういう言い方はねえだろうが。おれは友達《ダチ》思いの男だから、見城ちゃんの肝臓を労《いたわ》ってやってるんじゃねえか」

「友情に感謝するよ」

見城は厭味《いやみ》たっぷりに言って、ブッカーズの壜《びん》を自分の前に移した。百面鬼が喉《のど》の奥で笑った。

「ロックになさいますか？」

バーテンダーが見城に問いかけてきた。見城が答える前に、百面鬼が早口で言った。

「おめえ、見城ちゃんを若死にさせてえのかよっ」

「はあ？」

「鈍《にぶ》い野郎だな。水割りにしろ、水割りに」

「お決めになるのは見城さんです」

「おめえ、最近、生意気《なまいき》な口をきくようになりやがったな。公務執行妨害で逮捕《パク》られてえのかよっ」

「どちらになさいます？」

バーテンダーが百面鬼を黙殺し、ふたたび見城に訊《き》いた。

「ロックにしよう」

「かしこまりました」

「ダブルにしてくれないか」

見城は煙草に火を点けた。

バーテンダーは手早くバーボンのロックをこしらえると、レコードプレイヤーに歩み寄った。この店に、CDプレイヤーはない。BGMは一九六〇年前後のジャズやブルースばかりだった。もちろん、使われるレコードは分厚いLP盤だ。

店のオーナーは変わり者の洋画家で、昔のライフスタイルに拘《こだわ》っていた。めったに店には顔を出さない。

BGMがセシル・テーラーに変わった。

見城はバーボン・ロックを傾けた。グラスを卓上に戻したとき、百面鬼が低い声で話しかけてきた。

「何か収穫があった？」

「いや、まだ手がかりらしいものは摑んでないんだ」

見城は、作田善仁と永滝修司のことをかいつまんで話した。利香の銀行口座に『山藤』が去年の十月から今年の三月まで毎月三百万円を振り込んでいた事実も語った。

「作田って野郎と元夫の永滝は、シロなんじゃねえのか？」

「永滝のほうはシロだという心証を得たんだ。作田もクロの疑いは薄いんだよ。ただ、まだシロと断定するのは危険な気がするんだ」

「そうだな」

「国分利香は去年の九月に、『山藤』の契約モニターになってたんだ。しかし、六カ月で千八百万円の謝礼は多すぎると思わない？」

「明らかに多すぎるな。それから、二十年という契約期間も常識じゃ考えられねえよ。利香って女社長は、もしかしたら、『山藤』の社長の愛人だったんじゃねえのか」

百面鬼が葉煙草《シガリロ》の灰を灰皿の中に落とし、ブッカーズを豪快に呷《あお》った。それから見城のボトルを無断で摑《つか》み上げ、自分のグラスになみなみと注いだ。

「他人《ひと》の酒だと、ダイナミックに注ぐね」

「セコいこと言うなって。それより、どう思うんでぇ？」

「利香に特定な男はいなかったと思うよ。パトロンがいたとしたら、おれの副業の上客にはなってなかっただろう」

「そうだろうな」

「まだ根拠はないんだが、利香は何かを恐喝材料にして、『山藤』を揺さぶってたんだろう」

「それ、考えられるな。いつか週刊誌で読んだんだけど、『山藤』の矢内社長は何人も若い愛人を囲ってるって記事が出てた。見城ちゃんの情事代行の上客は、矢内を女絡みのスキャンダルで強請《ゆす》ってたんじゃねえか？」

「考えられなくはないね」

「マスコミ報道によると、矢内は海千山千《うみせんやません》みたいだぜ。愛人問題をちらつかせたぐらいじゃ、千八百万も出さないだろう」

「そうか、そうだろうな」

「利香は別の材料《ネタ》で矢内を揺さぶったんだと思うよ。それが何だったのか、まだ見えてこないんだが……」

見城は、またグラスを口に運んだ。

「『山藤』には黒い噂《うわさ》がいろいろあるみてえだから、ちょいと調べりゃ、真相がわかるんじゃねえのか。なんだったら、おれが矢内の身辺を探《さぐ》ってやらあ」

「百《どう》さんの出番は、もっと後だ。殺された利香には多少の情《じょう》が移ってたから、おれが犯人を割り出したいんだよ」

「そういうことなら、出しゃばらねえよ。けど、見城ちゃんが丸々と太った獲物を咬《か》んだら、いつものように喰《く》い残しを回してくれやな。女がいると、何かと銭《ぜに》がかかってさ」

百面鬼は、だいぶ前から佐竹久乃《さたけひさの》というフラワーデザイナーの家で寝泊まりしていた。やくざ刑事は練馬区内にある寺の跡継《つ》ぎ息子だが、ほとんど親許《おやもと》には寄りつかない。十数年前に離婚して以来、女たちの家を泊まり歩いていた。

百面鬼は並外れた好色漢で、性的にも少し異常だった。

彼はベッドパートナーの素肌に黒い喪服《もふく》を着せないと、欲望が昂《たか》まらないという。しかも着物の裾《すそ》を大きくはね上げ、後背位で交わらなければ、決して射精しないという話だった。

百面鬼は新妻にアブノーマルな営《いとな》みを強《し》いて、わずか数カ月で逃げられてしまった。平凡な生き方をしている男には〝傷〟になるような過去を持っているわけだが、当の本人はいっこうに気にしている様子がない。

百面鬼は楽天家だが、極道たちよりも凶暴だ。僧侶《そうりょ》の資格を持ちながらも、仏心や道徳心はひと欠片《かけら》もない。気に喰《く》わない男たちはとことんぶちのめし、時には女も犯す。

「見城ちゃん、いつまで情事代行のバイトをやる気なんでえ？　もう悪党どもから銭をしこたま寄せたんだから、欲をかくことねえだろうがよ」

「おれは金のために、情事代行人をやってるんじゃないんだ。不幸な女たちに生きる張りを与えてやってるんだよ」

「けっ、気取りやがって。それにしても、見城ちゃんは女好きだよなあ」

「百《どう》さんほどじゃないがね」

見城は言い返した。

「今度の獲物が『山藤』の社長なら、十億円はいただけそうだな。泡銭《あぶくぜに》が入ったら、久乃にフラワーデザイン教室をもう二、三カ所やらせてやろう」

「フラワーデザイナーに、かなり入れ揚《あ》げてるようだね」

「まあな。久乃には、それだけの値打ちがあるんだよ。楚々《そそ》とした美人がベッドで乱れに乱れると、男はそそられるぜ」

「久乃さんにすっかり変態プレイを仕込んだようだな」

「おれたちは変態じゃねえぞ。そのへんのカップルと違って、二人とも感性が芸術家に近《ちけ》えんだよ」

百面鬼が澄ました顔で言い、葉煙草《シガリロ》の火を揉《も》み消した。釣られて見城も、喫《す》いさしのロングピースを灰皿に捨てた。

そのすぐ後、松丸がふらりと店に入ってきた。綿のタートルシャツの上に、デニム地の長袖《ながそで》シャツを重ね着し、木炭色のカジュアルなジャケットを羽織《はお》っていた。

「松《まつ》、ここでゲイ仲間と待ち合わせか？」

百面鬼が盗聴器ハンターをからかった。

「もう少しましな冗談を言ってほしいな」

「おっ、強気だな。さては、セックスフレンドができたな。どんな女なんでえ？」

「そんな女いないっすよ」

「その若さで、彼女をつくろうとしねえのはおかしいぜ」

「また同じことを言ってるな」

松丸が呆《あき》れ顔で言い、見城の右隣に腰かけた。

バーテンダーが酒棚《さかだな》から松丸のキープボトルを摑み上げた。オールドパーだ。ほどなく松丸の前に、スコッチ・ウイスキーの水割りが置かれた。

「松ちゃん、頼んだこと、やってくれたか？」

見城は問いかけた。

「ええ、作業完了っす。レコーダー付きの受信機は作田の自宅の左隣の家の生垣の中に隠しておきました」

「そうか。ご苦労さん！　謝礼は万札三枚でいいかな」

「金なんかいらないっすよ。これまで、ちょくちょく小遣いを稼がせてもらいましたからね」

「松ちゃんは欲がないな、どこかの旦那《だんな》と違ってさ」

「欲のねえ男は大成しねえぜ」

百面鬼が話に割り込んできた。すると、松丸が雑《ま》ぜ返した。

「百《どう》さんは欲深《よくぶか》だけど、ちっとも偉くなってないよね」

「殺すぞ、松！　おれは警察で出世する気なんかねえんだ。その気になりゃ、昇任試験もパス一《いち》よ。上層部の奴らの弱みを押さえてるからな」

「百《どう》さん、警察の偉いさんを脅すのはいいけどさ、特別注文の覆面パトカーを造らせるのはやりすぎっすよ。乗り回してるクラウン、国民の税金で購入したわけでしょ？」

「おめえは小《ちい》せえ野郎だな。おれを責《せ》めるより、国税をたっぷり回してもらった都市銀行や公共事業で潤《うるお》ってる土建屋どもに嚙《か》みつきやがれ。それこそ、税金の無駄遣いじゃねえか」

「詭弁《きべん》っすよ、それは」

「うるせえや。つべこべ言ってると、覆面《メン》パトで轢《ひ》き殺すぞ」

百面鬼が吼《ほ》えるように言った。松丸が負けじと悪態をつく。

見城は笑って取り合わなかった。いつものじゃれ合いだった。三十分も経《た》たないうちに、百面鬼と松丸は笑顔で軽口をたたき合いはじめた。

見城は数種のオードブルを肴《さかな》にして、ハイピッチでバーボン・ロックを飲んだ。恋人の帆足里沙《ほあしりさ》が仕事帰りに見城のマンションを訪れることになっていた。

この夏に二十六歳になる里沙は、パーティー・コンパニオンだ。元テレビタレントだけあって、その容姿は人目を惹《ひ》く。一緒に街を歩いていると、男たちの視線が里沙に集中する。そのたびに、見城は誇らしい気持ちになる。

実際、里沙は美しい。レモン形の顔には、そこはかとない色気がにじんでいる。奥二重《おくぶたえ》の両眼は幾分、きつい印象を与える。鼻は高くて細い。それでいて、取り澄ましたようには見えなかった。やや肉厚な唇が官能的だからだろうか。

プロポーションも申し分なかった。

身長百六十四センチで、みごとに均斉《きんせい》がとれている。砲弾型の乳房の位置は高く、ウエストのくびれが深い。その下の腰は豊かに張っている。脚《あし》はすんなりと長い。

二人が特別な関係になって、ほぼ二年になる。

知り合ったのは南青山にあるピアノバーだった。カウンターの端でギムレットを啜《すす》っていた里沙は、数人の酔客にうるさくまとわりつかれていた。中には、馴《な》れ馴《な》れしく彼女の肩に腕を回す男もいた。里沙は、明らかに迷惑顔だった。

見城は見かねて、とっさに里沙の彼氏の振りをした。酔った男たちは照れ笑いを浮かべながら、早々に店から立ち去った。

その出来事が二人を結びつけたのだ。

見城は、里沙の美貌《びぼう》に魅《み》せられただけではなかった。人柄にも好感を覚えた。

里沙は気立てがよく、頭の回転も悪くない。何よりも思い遣《や》りがあった。他者の憂《うれ》いや悲しみには、驚くほど敏感だった。

見城は、里沙に惚《ほ》れている。里沙も自分に熱い想《おも》いを寄せてくれていた。

しかし、彼女を妻に迎える気はなかった。別段、独身主義を貫《つらぬ》くつもりはない。だが、結婚には積極的にはなれなかった。

見城は当分、強請屋稼業から足を洗う気はない。裏の仕事は常に死と背中合わせだ。

長生きできるという保証はなかった。そんな男が所帯を持ったら、いつか妻や子に辛《つら》い思いをさせることになるだろう。愛《いと》しい女を不幸にさせるわけにはいかない。また、一生、ひとりの女を愛しつづける自信もなかった。いい女を見れば、つい浮気心が起きるだろう。

いま現在のつき合い方は理想的だった。

里沙は週に何度か、見城の自宅に泊まりにくる。見城も月に一、二回、参宮橋《さんぐうばし》にある里沙のマンションで朝を迎えていた。

「見城ちゃん、きょうはなんかピッチが速《はえ》えな。この後、一発十万円のバイトが控えてんのか？」

百面鬼が声をかけてきた。

「いや、そういう予定はないよ。ただ、部屋に里沙が来ることになってるんだ」

「そうだったのか。里沙ちゃんをあんまり待たせるのは気の毒だな。見城ちゃん、早く家《ヤサ》に帰れや」

「そうするか。それじゃ、お先に！」

見城は百面鬼と松丸の肩を同時に軽く叩《たた》き、スツールから滑り降りた。バーテンダーに手を振り、『沙羅』を出た。いつもツケで飲んでいた。

ＢＭＷのドアロックを外したとき、見城はこめかみのあたりに他人の刺すような視線を感じた。振り向くと、二十メートルほど離れた路上に見覚えのある人影がたたずんでいた。利香のオフィスに火を放った男だった。四谷から、ずっと尾行されていたのか。

見城は、目の細い男に向かって大股《おおまた》で歩きだした。

と、急に男が背を見せた。逃げるのか。見城は勢いよく走りはじめた。

怪しい男は青山の裏通りを駆け抜け、月極《つきぎめ》駐車場の中に走り入った。

見城は罠《わな》の気配を感じ取った。男は見城を駐車場に誘い込み、何か仕掛けてくるつもりなのだろう。

見城は怯《ひる》まなかった。

敢然《かんぜん》と男を追った。駐車場に入ると、見城は姿勢を低くした。動く人影は目に留《と》まらない。男は、駐められている車の陰に身を潜《ひそ》めているのだろうか。

見城は注意を払いながら、前に進んだ。数メートル歩いたとき、奥で黒いジープ・チェロキーのエンジンが唸《うな》った。見城は目を凝《こ》らした。

そのとき、背後から風圧に似た衝撃波が襲ってきた。

銃弾の衝撃波だった。銃声は耳に届かなかった。放たれた銃弾は腰の横を通過し、駐車中のライトバンの車体を掠《かす》めた。

見城は体を反転させた。

月極駐車場の出入口に、二つの黒い影が見えた。なんと利香の自宅マンションに押し入って、彼女を拉致《らち》した二人組だった。片方の男は、筒状の消音器を装着した自動拳《けん》銃《じゅう》を構えていた。遠くて型《タイプ》まではわからなかったが、ハードボーラーかもしれない。

二弾目が疾駆《しっく》してきた。

見城は片膝《かたひざ》をついて、背を丸めた。銃弾は頭上すれすれのところを抜けていった。衝撃波が髪の毛を薙《な》ぎ倒した。

「くそっ」

見城は路上まで一気に走る気になった。

立ち上がったとき、三発目が飛んできた。見城は、またもや身を屈《かが》めた。銃弾は、見城の股の間を抜けていった。

背筋を伸ばしたとき、駐車場の奥からジープ・チェロキーが突進してきた。無灯火だった。

見城は、駐車中の二台の乗用車の間に逃げ込んだ。

黒っぽいチェロキーは風圧を残し、月極駐車場から出ていった。見城は急いで走路に出て、道路を見た。

いつの間にか、二人組の姿は消えていた。

見城は駐車場の外まで駆けた。男たちも無灯火のジープ・チェロキーも闇《やみ》に呑《の》まれていた。男たちが利香を殺した実行犯臭い。彼らを雇った人間を必ず突きとめてやる。

見城はBMWを駐めてある場所に引き返し、車をざっと点検した。妙な細工はされていなかった。BMWを発進させ、しばらく低速で走る。気になる人影や車は接近してこない。三人の襲撃者は、もう引き揚げたようだ。

見城はそう思いつつも、油断はしなかった。わざと大きく迂回《うかい》して、自宅の『渋谷レジデンス』に帰った。

九階建てのマンションの地下駐車場に潜《もぐ》るときも、尾行者の影がないことを確認した。

BMWを所定のスペースに駐め、エレベーターで八階に上がった。

八〇五号室は明るい。里沙がスペアキーで部屋に入ったのだろう。

見城はインターフォンを鳴らした。

待つほどもなく、スピーカーから里沙のしっとりとした声が流れてきた。

「探偵さん?」

「そう。長いこと待たせて悪い!」

「ううん、気にしないで」

待つほどもなくドアが開けられた。顔を見せた里沙は今夜も綺麗《きれい》だった。チャコールグレイのスーツ姿だ。

見城は玄関ホールに上がると、里沙を抱き寄せた。

二人はバードキスを交わした。顔を離すと、里沙が問いかけてきた。

「ちゃんと夕食を摂《と》った？」

「『沙羅』でオードブルを喰ったよ。一緒に風呂《ふろ》に入ろう」

「それは、後《あと》でね。お鮨《すし》を買ってきたの」

「一ラウンド終わってから、鮨を喰ってもいいじゃないか」

見城は言った。

「でも、生《なま》ものだから、傷《いた》みが早いでしょ。先に食べましょうよ」

「おれは、別の生ものを先に喰いたい気分だな」

「いやねえ。いま、お茶を淹《い》れるわ」

里沙が少し恥じらい、ダイニングキッチンに足を向けた。見城は何か仄々《ほのぼの》とした気持ちになった。

下腹部が生温かい。

2

見城は眠りを解かれた。里沙が羽毛蒲団《うもうぶとん》の中に潜《もぐ》り込んでいた。

事務所を兼ねた自宅マンションの寝室だ。カーテンを突き抜けた陽射《ひざ》しが、室内を仄《ほの》かに明るませている。

見城はサイドテーブルの上から腕時計を抓《つま》み上げた。コルムの針は、午前十一時二十七分を指《さ》していた。

見城は腕時計を卓上に戻し、羽毛蒲団をはぐった。

里沙が水蜜桃《すいみつとう》を連想させる白いヒップを後ろに突き出し、見城の股間《こかん》に顔を埋めている。一糸もまとっていない。見城も素っ裸だった。二人は鮨を食べてから一緒に風呂に入り、そのままベッドに縺《もつ》れ込んだのだ。

見城と里沙は狂おしく肌を求め合った。長く熱い情事は、およそ三時間にも及んだ。

里沙は大胆に裸身を晒《さら》し、恣《ほしいまま》に振る舞った。見城も全身を使って、里沙の官能をそそった。

前戯だけで里沙は二度も極みに達し、結合中にも三度昇りつめた。凄《すさ》まじい乱れ様《よう》だった。女豹《めひょう》のように唸り、体を鋭く震わせた。

「寝つけなかったのか?」

見城は声をかけた。里沙が、こころもち顔を上げた。

「ええ。体が火照《ほて》って、頭の芯《しん》が妙に冴《さ》えちゃってね」

「そうだったのか。おれは、ぐっすり眠ったよ」

「眠れなかったのは、あなたのせいよ」

「それじゃ、眠れるようにしてやろう」

見城は肘《ひじ》で上体を起こし、里沙の官能をそそった。それから、後背位で分け入った。

見城は両腕を動かしながら、強く弱く突きはじめた。里沙の体はクッションのように弾んだ。彼女も動きだした。二人のリズムは、すぐに合った。

見城は律動を速めた。

里沙が、顔を左右に打ち振りはじめた。セミロングの髪が揺れに揺れた。リンスの香りが匂《にお》い立った。

見城は爆《は》ぜる予兆を覚えた。

がむしゃらに突く。ゴールインした瞬間、目が眩《くら》んだ。背筋も立った。

見城は余力をふり絞って、なおも突きまくった。

数十秒が流れたころ、里沙がまたもや快楽の海に溺《おぼ》れた。長く唸りながら、彼女は枕に顔を埋めた。

見城は里沙の上に覆《おお》い被《かぶ》さり、快い緊縮感を存分に味わった。二人は、しばらく余韻《よいん》に浸った。体を離すと、見城と里沙はそのまま眠りについた。

ナイトテーブルの上でホームテレフォンの子機が着信音を刻んだのは、午後三時過ぎだった。見城は素早く受話器を取った。

「携帯にかけたんすけど……」

松丸の声だった。

「そいつは悪かったな」

「まだベッドの中みたいっすね。後《あと》で、かけ直すっすよ」

「いいんだ。このまま話そう」

「そうっすか。実はいま、作田善仁の家のそばにいるんすよ。見城さんに頼まれて取り付けた電話盗聴の録音音声に、ちょっと気になる遣《や》り取りが入ってたんすよ」

「どんな内容だった？」

「作田は慢性的な不眠症に悩んでて、だいぶ前から王子にある神経科医院に通ってるようなんすよ。それで、医院で処方してもらった睡眠導入剤と向精神薬をどこかに落としてしまったので、もう一度同じ薬を出してもらえないかって、電話で担当医に頼んでたんす」

「なんだって!? 薬の名前も口にしてた?」

見城は訊いた。

「ええ、言ってたっすよ。えーと、睡眠導入剤がハルシオンで、向精神薬がレボメプロマジンだったかな。ベンゾジアゼピン系の睡眠薬は、俗にハルシオンって呼ばれてるんすよね。それはとにかく、国分利香の胃から同じ睡眠導入剤と向精神薬が検出されたんじゃなかったすか?」

「そうだよ」

「作田って男が二種類の錠剤を殺人の実行犯に渡したとは考えられないっすかね?」

「その可能性はあるかもしれないな」

「一応、作田を締め上げてみたほうがいいんじゃないっすか」

「そうしてみよう。話は前後するが、その神経科医院の名は?」

「王子クリニックっす」

「そう。で、医者はまた二種類の薬を出すって言ってたのかな」

「もう一回ちゃんと診察を受けなけりゃ、どちらの薬も出せないと言ってました。それに対して、作田は夕方五時ごろにクリニックに行くと言ってたっすね」

「そうか。松ちゃん、いい情報をありがとう。そのクリニックに行ってみるよ」

「受信機、もうしばらく仕掛けておいたほうがいいっすよね？」

「いや、もう回収しちゃってくれ」

「わかりました。それじゃ、また！」

電話が切れた。

見城は受話器をフックに返した。そのとき、里沙が問いかけてきた。

「何か面倒なことに巻き込まれたの？」

「電話で目が覚めたんだな」

「ええ、まあ。それより、わたしの質問に答えて」

「ああ、そうだったな。実はきのうの朝、おれに調査を依頼してきた女が凍死体で発見されたんだよ」

「その事件のことは新聞で読んだわ。被害者の女性は大型保冷車の中で死んでたんでしょ、裸にされて革紐《かわひも》で縛られて？」

「そう。国分利香という名前で、ヘッドハンティングの会社を経営してたんだ」

「殺された女性とは特別な関係だったみたいね」

「そういうわけじゃないんだよ。昔の刑事魂《だましい》みたいなものが頭をもたげてきたんだ。浮気の調査ばかりやってるんで、ちょっと変化がほしくなったのかもしれないな」

見城は言い繕《つくろ》った。

里沙は見城の裏の顔を知らない。たとえ彼女に怪しまれても、見城は強請屋であることを明かす気はなかった。

「そうだったの。でも、あんまり深入りしないでね。殺人事件は警察の領域なんだから、適当なところで切り上げるべきだと思うわ」

「そうするよ」

「もう犯人の見当はついたの？」

「いや、まだ調査に取りかかったばかりなんだ」

見城は、これまでの経過を話した。

「国分利香さんは、あの『山藤』のモニターをしてたのか。なんか不思議な巡り合わせだわ」

「どういうことなんだ？」

「今夜ね、日比谷の帝都《ていと》ホテルで『山藤』の創業三十周年記念祝賀会が開かれるのよ」

　里沙が答えた。

「そいつは確かに不思議な巡り合わせだな。パーティーの開始時間は？」

「夕方の六時半からよ。宴会場は『孔雀《くじゃく》の間《ま》』だったと思うわ。わたしが所属してるバンケット派遣《はけん》会社からは、十五人が駆り出されることになってるの」

「里沙も、その十五人の中に入ってるわけか」

「ええ」

「出席者は？」

「約三百人よ」

「うまくパーティー会場に潜《もぐ》り込めないだろうか。ちょっと『山藤』の関係者のことを探《さぐ》りたいんだ」

「報道関係者が取材に来るって話だったから、新聞記者か何かに化ければ、会場には潜り込めると思うわ。なんだったら、わたしがプレス用のリボンを一つ受付からくすねてあげようか」

「そいつは助かるな。それじゃ、スピーチがはじまったころに『孔雀の間』に行くから、ちょっと抜け出してくれないか」

「ええ、いいわよ。それじゃ、わたしはシャワーを浴びたら、いったん自分のマンションに戻るわ」

「参宮橋まで、おれが車で送ろう」

見城は言った。

「でも、どこかに行くんでしょ？」

「五時に王子まで、ちょっとね。しかし、少し飛ばせば、間に合うさ」

「ううん、無理しなくていいの。わたしはタクシーで帰るわ」

里沙が男物のオックスフォード織りのワイシャツを素肌に羽織り、静かにベッドを降りた。

見城のワイシャツだ。里沙は、それをパジャマ代わりに使っていた。見城は腹這いになって、紫煙をくゆらせはじめた。

里沙が寝室に戻ってきたのは数十分後だった。

きちんと身繕《みづくろ》いし、薄化粧もしていた。いくらか疲労の色がうかがえるが、息を呑《の》むほど美しい。

見城はバスローブをまとい、里沙を玄関まで見送った。里沙が辞去すると、浴室に向かった。見城はざっとシャワーを浴び、入念に髭《ひげ》を剃《そ》った。寝室で厚手のスタンドカラーの黒いウールシャツを着て、キャメルカラーの上着を重ねる。下は、砂色のチノクロスパンツを選んだ。

見城は固定電話を留守録モードに切り替え、四時五分前に部屋を出た。

エレベーターで地下駐車場に下り、あたりに目を走らせる。不審な影は見当たらない。

見城はＢＭＷに乗り込み、王子に向かった。幹線道路は、それほど混んでいなかった。

目的の神経科医院を探し当てたのは、ちょうど五時ごろだった。

ＪＲ王子駅から五百メートルほど離れた場所にあった。商店街から少し奥に入ったあたりだった。あまり大きなクリニックではなかった。

見城はＢＭＷを『王子クリニック』から少し離れた路上に駐《と》め、そのまま張り込んだ。

作田が病院の玄関から現われたのは五時二十分ごろだった。処方箋《しょほうせん》らしい紙を二つに丸め、数軒先にある調剤薬局に入っていった。

見城は車を降り、調剤薬局の近くにたたずんだ。

白い薬の袋を手にした作田が表に出てきたのは、十分ほど経《た》ってからだった。作田は見城に気づくと、露骨に顔をしかめた。

「おたく、わたしを尾《つ》けてたんだな。なぜ、つきまとうんだっ」

「ちょっと薬を見せていただけませんか」

「断る」

「なんだって、そうむきになるんです？　見せてもらいますよ」

見城は薬の袋を奪い取って、素早く中身を確かめた。利香の胃から検出された睡眠導入剤や向精神薬とまったく同じ錠剤シートが入っていた。

作田が薬の袋を引ったくり、ブルゾンのポケットに突っ込んだ。

「失礼じゃないか。警察の人間がそんなことをしてもいいのかっ」

「失礼は謝ります。どうしても、錠剤を見たかったんですよ。マスコミ報道でもうご存じでしょうが、国分利香の胃から同じ睡眠導入剤と向精神薬が検出されたんです」

「だから、なんだと言うんだっ」

「あなたは、貰《もら》った薬をなくしましたよね？」

「な、なんで、そんなことまで知ってるんだ!?」

「警察は少しでも疑いのある人物のことは、徹底的に調べてみるんですよ」

「わ、わたしが『ピックアップ・コーポレーション』の女社長を殺《や》ったと思っているのか!?　冗談じゃない」

「そうは言ってませんよ。ただ、二種類の錠剤をいつ、どこでなくされたのかが知りたいんです」

「なくしたのは、きのうの朝だよ。多分、妻が空き袋と勘違いして、ごみと一緒に捨ててしまったんだろう。数日前までは、ちゃんと家にあったんだ。妻も息子も、それを知ってる」

「そうですか」

「おたくはわたしが睡眠導入剤と向精神薬を誰かに渡して国分利香を殺させたと疑ってるようだが、わたしは潔白《けっぱく》だ。よし、警察に行こうじゃないか。嘘《うそ》発見器でも何でもかければいい」

「少し落ち着いてください」

見城は作田をなだめた。

作田が薬の袋を路面に叩きつけ、憤《いきどお》りを露《あらわ》にした。額には青筋が浮き立ち、唇が震えている。目からは大粒の涙が零《こぼ》れはじめた。

「あなたの言葉を信じましょう。気分を害されたでしょうが、勘弁してください」

見城は本気で謝罪し、踵《きびす》を返した。ひどく後味が悪かった。

考えてみれば、いささか軽率《けいそつ》だったかもしれない。厚生（現・厚生労働）省の報告によると、毎年、全国の病院、調剤薬局、卸売業者などから四万錠を超える向精神薬が盗まれている。

特に十数種類の商品名で製造されているトリアゾラム（成分名）の錠剤が狙《ねら》われやす

く、全体の七割以上を占めているという。盗難事故件数は年平均で三十数件にのぼる。

トリアゾラムの次に多く盗まれているのは、鎮痛剤としても使われているペンタゾシンという成分名の注射液だ。一年間で、約三千八百本のアンプルが病院や診療所などから盗み出されている。

睡眠導入剤や向精神薬の使用者から犯人を割り出すことは無理だ。頭を切り換えよう。

見城はＢＭＷに駆け寄った。

3

受付席には誰もいなかった。

里沙は『孔雀の間』の前に立っていた。宴会場の両開きの扉は閉ざされている。好都合《ごうつ》だ。見城はほくそ笑《え》み、サンドベージュのシルクスーツに身を包んだ里沙に近づいた。

七時十分前だった。

向かい合うと、里沙がプレス用の黄色いリボンを差し出した。

「これを胸に付けてから、パーティー会場に入ったほうがいいわ」

「オーケー、そうするよ。早く会場に戻ったほうがいいな」

見城は胸リボンを受け取り、里沙を急《せ》かした。

里沙がうなずき、すぐに『孔雀の間』に消えた。見城はホールのソファに腰かけ、ゆったりと煙草を喫《す》った。

一服し終えると、胸リボンを飾った。それから、見城は変装用の黒縁眼鏡《くろぶちめがね》をかけた。レンズに度は入っていない。ふだんは後ろに撫《な》で上げている前髪を額いっぱいに垂らす。だいぶ印象は変わったはずだ。

見城はソファから腰を上げ、『孔雀の間』に入った。

広い宴会場には、人いきれが充満していた。暑いほどだった。盛装した招待客がビールや水割りのグラスを手にして、名の知れた財界人の挨拶に耳を傾けていた。

テーブルには豪華な料理が並び、あちこちに美しいパーティー・コンパニオンたちが控えている。頭上のシャンデリアが眩《まばゆ》い。

見城は場内を回りはじめた。

大物の保守系国会議員が幾人もいた。著名な芸能人やプロ野球のスター選手たちの顔も見える。ベンチャービジネスで財を築いた起業家たちも混じっていた。

都市銀行や地方銀行の関係者たちも大勢いるようだ。やくざの親分と思われる男たちは隅の方に固まっていた。

見城は正面の壇上を見た。

矢内社長が和服姿の妻と並んで、緊張した面持《おもも》ちでスピーチに聞き入っている。週刊誌で見た写真よりも、だいぶ若々しい。下脹《しもぶく》れの赤ら顔がてかてかと光っていた。

バブル経済が崩壊したとたん、金融業界は多額の不良債権を抱え込んでしまった。その処理にしくじって、大手の銀行や証券会社が経営破綻に追い込まれた。ノンバンクも何社か潰れた。

消費者金融業界の焦げ付きも、少なくないはずだ。これだけ景気が落ち込んでいるのに、なぜ『山藤』は業績を伸ばしつづけているのか。

不景気で顧客数が増えたことはわかる。しかし、都市銀行やノンバンクもバブル時代のようには、おいそれとは融資しなくなっている。

『山藤』が顧客に貸し付けている融資総額は、二兆円近い。さまざまな手数料で実質金利三十数パーセントという高利で貸し付けているとはいえ、資金繰りは楽ではないはずだ。矢内社長は、いったいどのような錬金術《れんきんじゅつ》を用《もち》いているのか。

見城はコンパニオンに渡された水割りウイスキーを口に運びながら、ぼんやりと考えはじめた。

最初に頭に浮かんだのは麻薬だった。矢内は覚醒剤《かくせいざい》やコカインの密売を裏社会の人間たちにやらせているのか。だが、いまや『山藤』は四千六百人の社員を抱える大会社だ。いくらなんでも、暴力団まがいのダーティー・ビジネスには手を出さないだろう。拳銃の密売や管理売春も考えにくい。

ゲストに大物やくざたちがいることを考えると、裏で『山藤』は都市銀行や地方銀行の債権の取り立てを請け負っているのだろうか。

それも考えにくそうだ。銀行が不良債権の回収に荒っぽい男たちを使ったりしたら、社会的な信用を失うことになる。それこそ、自殺行為だ。

矢内が仕手戦を張っているとも思えない。いまや株で儲《もう》けることは困難だ。金融派生商品《デリバティブ》やヘッジファンドに下手に手を出したら、大火傷《おおやけど》する。

矢内は大物の政治家、芸能人、スポーツ選手たちとの結びつきが強そうに見える。

保守系の政党は、闇献金など隠し金をうまく運営してプール金を増やしている。株も土地も、いまは投機の対象にはならない。金利でも大きくは稼げない。

しかし、高い裏金利を保証してくれる会社があれば、いわゆるハイリターンになる。

見城は、そのことに思い当たった。

どの銀行も自社の行員の定期預金には一般客よりも高い利息を払っている。そうした裏金利は、いわば公然たる秘密だ。

しかし、常識を超えるようなレートは設定できない。大蔵（現・財務）省の監査があるからだ。だが、消費者金融会社には特別な制約はない。法定利率（現在は二十パーセント）を守っている限りは何も問題はないわけだ。

有名な芸能人やプロ野球の花形選手も、一般人よりははるかに豊かだろう。数十億円の貯蓄がある者もいるにちがいない。『山藤』は銀行の裏金利よりも数倍も高い謝礼で釣って、保守系政党や各界の著名人から運転資金を集めているのではないか。

利香は、その裏取引のことを知ったのかもしれない。そうだとしたら、彼女は裏金銭貸借に関する大物政治家か著名人の覚書の写しを手に入れたのだろう。

弱みを握られた矢内社長は、モニターの謝礼という形で半年の間に千八百万円を利香の銀行口座に振り込んだのではないか。話の辻褄《つじつま》は一応、合ってくる。

ただ、裏取引のことを知られただけで、矢内が脅しに屈《くっ》するだろうか。その点が疑問に思える。

利香が脅迫したのは矢内ではなく、超大物の政治家なのか。権力を握っている人間たちは案外、臆病《おくびょう》なものだ。敵が多いことを自覚しているだけに、万事に用心深い。

事実、ちょっとした油断を衝《つ》かれて名声と富を失うケースもある。ベテラン国会議員が大事をとって、利香に口止め料を払う気になり、『山藤』を介して振り込んだのだろうか。

だが、彼女は葬《ほうむ》られてしまった。闇の金銭貸借のことだけで殺されたとは考えにくい。

利香は、矢内の致命的な弱みを掴んだのだろう。

その弱みは何なのか。見城は胸底で呟《つぶや》いた。

そのすぐ後、誰かに背中をつつかれた。振り向くと、里沙が立っていた。

「何か食べる？」

「いや、いいよ」

「そうだわ！　毎朝日報の唐津さんが取材に来てるわよ」

「おれのこと、唐津さんに話しちゃった？」

見城は早口で訊いた。

「ううん、話さなかったわ。もう少しで喋《しゃべ》りそうになったけどね」

「そいつはよかった。おれがプレスの胸リボンなんかつけてたら、変に思われるからな」

「ええ、そうね」

「唐津さんは、どのへんにいた？」

「ずっと奥のほうよ。唐津さんに見つからないうちに、そっと会場から出たほうがいいわね」

「そうするよ。できたら、きょうの出席者の名簿を手に入れたいんだが、なんとかならないか」

「手に入れる努力をしてみるわ。同じ場所に長く留《とど》まってると、まずいのよ」

里沙が小声で言い、さりげなく見城から遠ざかっていった。壇上では、別の客が『山藤』の驚異的な発展ぶりを称《たた》えていた。

ここに長くいても、もう収穫はないだろう。ホールで唐津を待って、ちょっと探《さぐ》りを入れてみることにした。

見城は水割りのグラスをテーブルに置き、『孔雀の間』を出た。エレベーターホールの隅に、大きな観葉植物の鉢が置かれている。枝葉が繁っていた。目隠しになりそうだ。

見城は観葉植物の陰に入り込み、葉の隙間から『孔雀の間』の出入口に視線を向けた。

唐津が姿を見せたのは七時半過ぎだった。

うつむき加減でエレベーターホールに歩いてくる。見城は鉢植えの陰から出て、唐津に声をかけた。胸リボンは外してあった。

唐津が立ち止まり、目を丸くした。

「おたくが、なんでここにいるんだ⁉」

「小宴会ホールで、同業者の寄り合いがあったんですよ。唐津さんこそ、なんのパーティーに出席したんです？」

「『孔雀の間』で開かれてる『山藤』の創業三十周年記念祝賀会にちょっと顔を出したんだ。そうそう、会場で里沙ちゃんに会ったよ」

「そうですか。それより、唐津さんがどうして『山藤』のパーティーに？」

見城は訊いた。

「取材だよ、取材。例の撲殺された彦坂ってリストラ請負人は、『山藤』の株主だったんだ。株主といっても、持ち株は五万株程度だったんだがね。ただ、矢内社長とは個人的なつき合いがあったみたいなんだよ」

「へえ。元やくざとサラ金会社の社長は、どこでどう繋がってるんですかね」

「そのへんのことを探《さぐ》りたくてパーティーに出てみたんだが、これといった収穫はなかったんだ」

「それは残念でしたね。ところで、少し時間あります？　せっかく会ったんだから、コーヒーでも飲みましょうよ」

「そうするか」

二人はエレベーターで一階に降り、フレンチ・レストランの並びにあるティールームに入った。

奥のテーブル席に着き、どちらもブレンドコーヒーを注文した。コーヒーは、ほんの数分で運ばれてきた。唐津がミルクと砂糖をたっぷり入れ、ハイライトに火を点けた。見城も煙草をくわえた。

「彦坂はリストラ退職者たちに金属バットで撲殺されたのかもしれないと言ったが、そうじゃなさそうなんだ」

唐津が先に口を開いた。

「何か新事実を摑んだようですね」

「ああ、ちょっとな。きのうの朝、代々木公園の際で女の凍死体が発見されただろう?」

「ええ。確か殺されたのは、ヘッドハンティング関係の会社をやってる女だったんじゃなかったかな」

見城は動揺を隠して、努《つと》めて平静に言った。

「そうだよ。被害者は国分利香という名で、『ピックアップ・コーポレーション』って会社の社長だったんだ」

「その被害者《マルガイ》と彦坂という奴に何か接点があったんですか?」

「さすがに察しが早いな。おたくの言った通りだよ。彦坂憲和と国分利香は同じ乗馬クラブの会員で、よく馬場《ばば》で顔を合わせてたらしいんだ」

唐津がそう言って、音をたててコーヒーを啜《すす》った。

そういえば、利香は大学時代に馬術部に所属していたと語ったことがある。社会人になっても、乗馬を楽しんでいたのだろう。

見城もコーヒーカップを傾けた。ブラックのままだった。

「同じ乗馬クラブに入ってた二人が、ほぼ同時期に何者かに殺害された。ただの偶然とは片づけられない気がしてるんだ」

「リストラ請負人と女ヘッドハンターか。二人の職業も似てるといえば、似てますね」

「そうなんだよ。しかも、『山藤』の矢内社長のひとり娘の梢《こずえ》も、同じ乗馬クラブのメンバーなんだ」

「そうなってくると、二つの殺人事件には何か繋がりがありそうだな」

「おたくも、そう思うか。おれは彦坂と国分利香は、同じ人物に消されたんじゃないかと思いはじめてるんだ」

「つまり、こういうことですか？　その二人は矢内梢の何かスキャンダルを知ったために、『山藤』の社長に始末されることになった」

「いや、その線は薄いだろう。矢内梢は二十五歳なんだが、いわゆるお嬢さんなんだよ。聖和女子大を卒業してから、花嫁修業中で生活に乱れはないみたいなんだ」

「上辺《うわべ》だけじゃわかりませんよ、いまの若い連中は。良家の子女たちがドラッグに溺れたり、とんでもない遊びをしてるようですからね。ほら、だいぶ前の話ですが、大女優の息子が自宅の地下室に遊び仲間を集めて、麻薬と乱交に耽《ふけ》ってた事件もありましたでしょう？」

「そんなことがあったな。逮捕された連中の中には、弁護士や医者の子たちもいた。しかし、矢内梢は二十五歳なんだ。二十歳《はたち》前後の娘たちのように無軌道な遊びには走らんだろう」

唐津が言いながら、煙草の火を消した。

「ええ、ガキっぽい遊びはやらないでしょうね。しかし、親の目を盗んで、妻子持ちの男と不倫をしてるかもしれないな。あるいは、親の金で美少年買いをしてたのか」

「その程度のスキャンダルなら、金で揉み消せるだろう」

「それも、そうですね。彦坂と国分利香が強請めいたことをしてたとしたら、相手は父親のほうかな」

「ああ、おそらくね。『山藤』には前々から黒い噂があるが、矢内社長は何かとんでもない悪さをしてるのかもしれないぞ」

「どういうことが考えられます？」

見城はロングピースの火を揉み消しながら、ポーカーフェイスで誘い水を撒《ま》いた。

「サラ金の客たちも近頃は、悪質になってるそうだ。健康保険証を偽造したり、他人のものを使って金を借りまくったりね。それから、自己破産する前に計画的に数十店から借り回るとかな」

「そうらしいですね」

「そういう奴が増えたら、いくら高利でも儲けは少なくなる。そこで、『山藤』はこっそりプロの取り立て屋《キリトリ》に集金させてるんじゃないのか。それも、かなり荒っぽい方法でな」

「しかし、暴対法があるから、ヤー公どもは派手な暴れ方はできないでしょ？」

「そうなんだが、長引く不況で暴力団も遣り繰り《シノギ》が一段と厳しくなってる。上納金を大幅に上げた組もあるというから、末端の組員は危ない橋を渡らざるを得なくなってるんじゃないのか」

「そういうチンピラも出てきてるでしょうね。しかし、その程度のヤー公が凄《すご》んでも、そう貸金は回収できないでしょう？」

「そうかもしれないな」

「パーティーの出席者の顔ぶれから、何か見えてきませんか」

「政財界の偉いさんが何人もいたし、名の売れた芸能人やプロ野球のスター選手もいたよ。それから、関東やくざの親分衆も顔を揃《そろ》えてたな。矢内の交友関係の広さはわかるが、出席者の顔ぶれから透けてくるものはないね」

唐津が腕を組んだ。

「そうですか。それじゃ、乗馬クラブの線を追ったほうがよさそうだな。その乗馬クラブの所在地は遠いんですか？」

「いや、本部は世田谷の二子玉川《ふたこたまがわ》にあるんだ。もっとも多摩川沿いにある練習場は狭いんで、クラブのメンバーは青梅《おうめ》や八ヶ岳の馬場に出かけてるようだがね」

「その乗馬クラブの名は？」

「見城君、妙に関心を示すな。まさかおれと同じ事件《ヤマ》を調べてるんじゃないだろうね？」

「何を言い出すんです。おれは、しがない調べ屋ですよ。殺人事件の調査依頼が舞い込むわけないでしょうが。考えすぎですって」

「裏の調査のことを言ってるんだよ、おれは。おたくとは、数えきれないほど事件現場で顔を合わせてる」

「単なる偶然ですよ。おれには、裏も表もありません。だいたい腹芸なんかできる男じゃありませんよ」

「よく言うな。きのうは、ルーマニア大使館の近くで会った。きょうはきょうで、帝都ホテルで会うことになった。おたく、おれをマークして何か情報を摑もうとしてるんじゃないのか。そうなんだろうが？」

「見当違いも甚《はなは》だしいな。二日つづけて会ったのは、ただの偶然ですよ」

「白々しいことを言うなって。もう手の内を見せてもいいだろうが。ギブ・アンド・テイクでいこうや。おれも情報を提供するからさ」

「そう言われても、返事のしようがないな」

「あくまで空とぼける気か。喰えない男だね、まったく」

「まいったなあ」

「こっちこそ、まいっただよ」

「話題が尽きたようですから、出ましょうか」

見城は伝票を抓《つま》み上げ、先に立ち上がった。

4

唐津の後ろ姿が見えなくなった。

見城はティールームの前から歩きだし、『孔雀の間』に戻った。宴は酣《たけなわ》だった。あちこちで笑い声が上がっている。

見城は目で里沙の姿を探した。

里沙は中ほどにいた。見城は自然な足取りで里沙に近づいた。里沙が見城に気がつき、ゆっくりと歩み寄ってきた。

「例の物は？」

「手に入れたわよ。ホールで渡すわ」

「わかった」

見城は小声で応じ、大股でパーティー会場を出た。無人の受付席のそばにたたずむ。

数分待つと、里沙が『孔雀の間』から現われた。二人は死角になる場所まで無言で歩いた。

「これよ」

立ち止まった里沙が腰の後ろから、小冊子のようなものを取り出した。見城は、それを受け取った。

「招待客のリストよ。欠席者の氏名の上には、×印がつけられてるの。後は全員、きょうのパーティーに出てるわ」

「そうか。サンキュー！」

「怪しまれるといけないので、わたしは化粧室に寄ってからパーティー会場に戻るわ」

里沙が急ぎ足で歩きだした。

見城はリストに目を通した。欠席者は元首相や経団連の会長など数名にすぎない。出席者総数は三百六人だった。

招待客の氏名が載《の》っているだけではなかった。職業、勤務先、肩書、自宅の住所なども印刷されている。里沙のおかげで、だいぶ手間が省《はぶ》けた。

見城は招待客のリストを上着の内ポケットに収め、エレベーターホールに向かった。

地下二階の駐車場まで降下し、ＢＭＷに乗り込む。あたりに、気になる人影はなかった。見城は帝都ホテルの地下駐車場を出ると、霞《かすみ》ヶ関《せき》ランプに向かった。高速三号渋谷線に入り、用賀ランプで降りる。

乗馬クラブ名はわからなかったが、なんとか探し当てられるだろう。

見城は二子玉川駅の横から、多摩堤《つつみ》通りに折れた。多摩川と並行している通りだ。新二子橋の数百メートル先に、小さな馬場があった。『玉川乗馬クラブ』という看板が掲《かか》げられている。

馬場の照明は落とされていたが、クラブハウスは明るい。クラブハウスの裏手には、円屋根《まるやね》の厩舎《きゅうしゃ》が見える。それほど大きな馬小屋ではなかった。飼われている馬は四、五頭なのだろう。

見城は車をクラブハウスの横に停めた。

道路側に事務室があるようだ。見城は車を降りた。あたりの空気には、動物臭が混じっている。

事務室に入ると、古ぼけた応接ソファに六十年配の小柄な男が腰かけていた。卓上には、焼酎《しょうちゅう》のボトルとコップが置いてあった。ほかには人の姿はない。

「入会希望者なら、悪いけど、昼間来てよ」

「警視庁の者です」

「刑事さん?」

男が素《す》っ頓狂《とんきょう》な声を発した。見城は無言でうなずき、応接ソファセットに歩み寄った。模造警察手帳を短く見せ、中村と騙《かた》る。

「おれは相原《あいはら》っていう者です」

「クラブの方ですね？」

「うん、そう。最初は調教師として雇われたんですよ。でも、いまは雑用係だね。馬の世話や簡単な事務もやらされ、クラブハウスの管理もしてる」

「クラブハウスに寝泊まりされてるんですか？」

「そう。おれ、独身だからね。若いころは騎手《ジョッキー》だったんだけどさ、レース中に落馬しちまって、調教師になったんですよ。そのころから女房とうまくいかなくなって、結局、別れることになった」

「そうですか。殺された彦坂憲和さんと国分利香さんのことをうかがいたいと思って、お邪魔したんです」

「二人とも、このクラブのメンバーでしたよ。あっ、どうぞ坐って」

相原と名乗った男がソファを勧めた。

見城は相原の正面に腰かけた。ソファのスプリングの具合がおかしい。坐り心地は悪かった。

「あの二人が相次《あいつ》いで殺されるなんて、思ってもみなかったね。いまでも、彦坂さんや国分さんがロッカールームから現われるような気がしてさ」

「どっちが先に入会したんです？」

「彦坂さんのほうが、ずっと先輩ですよ。入会したのは十年近く前だったからね。国分さんのほうは、入って三年目だったんじゃないかな。でも、彼女のほうが乗馬はうまかったね。フォームも綺麗だったし。大学時代に馬術部にいたそうですよ」

「当然、二人は顔見知りだったんでしょ？」

「ええ。ここではもちろん、青梅や八ヶ岳にある馬場でも顔を合わせてたと思うよ」

「そうですか」

「刑事さん、一杯どうです？　麦焼酎ですけど、けっこうイケますぜ」

「せっかくですが、職務中ですので」

「それじゃ、無理強《じ》いするわけにはいかないね」

相原が大口を開けて笑った。前歯が何本も欠けていた。

「二人は、どんなふうに見えました？」

「割に仲はよかったな。しょっちゅう冗談を言い合ってたからね。だけど、特別な間柄じゃないと思いますよ」

「男と女の関係には見えなかったんですね？」

「そう。国分さんはキャリアウーマンタイプだったから、彦坂さんみたいな崩れた感じの男には惚れんでしょ？」

「このクラブには、『山藤』の矢内社長の娘さんも入ってますよね」

「ええ、矢内梢さんね。あの娘さんが、どっちかの事件に関わってるんですか？」

「いいえ、そういうわけじゃないんですよ。参考までに話を聞かせてもらいたいと思っただけです」

「梢さんは、殺人事件とは無関係でしょ。親父さんについては悪口を言う人間もいますけど、娘さんは評判いいですよ。決して令嬢ぶったりしないし、誰に対しても接し方が同じだからね。おれ、いや、わたしなんかにもよく気を遣《つか》ってくれるんですよ」

「会員の中に、矢内梢さんと特に親しくしてる男性は？」

「そういう男はいないんじゃないかな」

「彼女をここに送り迎えする男を見かけたことは？」

見城は畳みかけた。

「そんな奴は一度も見たことないね。彼女は自分で赤いアルファロメオを運転して、成城の家から通ってるんですよ」

「そうですか。梢さんが会員の妻子持ちと不倫をしてる可能性は？」

「そういうことは考えられないな」

「父親の矢内氏は、この馬場にしょっちゅう現われるんですか?」

「しょっちゅうは来てませんよ。二、三カ月に一回ぐらいの割で、娘さんの練習を見に来る程度だね。お嬢さんのほうは、迷惑そうだけど」

「そんなふうに乗馬クラブに来てる矢内氏は、彦坂さんや国分さんとも顔馴染みだったんでしょ?」

「そうだね。矢内さんは以前から彦坂さんと知り合いだとかで、クラブハウスでよく喋ってたな。そうだ、思い出しました。梢さんは、彦坂さんの紹介で入会したんですよ」

「国分さんも、彦坂さんの紹介でクラブに入ったのかな?」

「そうじゃなかったね。確か国分さんは別の方の紹介でしたよ」

「そうですか。彦坂さんが矢内さんと何かで揉めてたことは?」

「そんなことはなかったな」

相原が首を横に振って、麦焼酎をぐびりと飲んだ。生《き》のままだった。卓上には、烏賊《いか》の塩辛の小壜が載っていた。

「彦坂さんの前歴については、どの程度ご存じです?」

「昔、熱川会系の組の幹部だったという話は本人から聞いたことがあるね。しかし、いまは真面目《まじめ》にビジネスコンサルタントをやってるんだと言ってましたよ。でも、殺されちまったんだから、裏では何か荒っぽいことをしてたんだろうな」

「多分、そうだったんでしょう」

「二つの事件の犯人は同じなんですか？」

「繋がりはありそうなんですが、そのあたりがどうもはっきりしないんです。そんなわけで、再度、聞き込み調査をすることになったんですよ」

「お役に立てたかどうか」

「それなりの成果はありました。ご協力に感謝します」

見城は話を切り上げ、クラブハウスを出た。

車の陰で、黒い影が動いた。暴漢だろうか。見城は、とっさに身構えた。ＢＭＷの向こうから現われたのは、なんと唐津だった。

「思った通り、おたくはこの乗馬クラブを訪ねたな」

「最近、馬術に興味が出てきましてね。それで、入会に関する資料を貰いに来たんですよ」

見城は言い訳した。

「その資料とやらを見せてくれよ」

「パンフレットは貰わなかったんです、話を聞いただけでね」

「おたくが正直な人間かどうか、確かめてみよう。おれと一緒にクラブハウスに戻ってくれ」

唐津がにやつきながら、見城の片腕を摑んだ。

「わかりました。おれの負けです。ここには、国分利香の事件で来たんですよ。実は二年ぐらい前から、利香とは知り合いだったんですよ。彼女に別れた夫の浮気調査を依頼されたことがあるんです。それが縁で、その後、何回か一緒に飲んだんですよ。そんな女性が殺されたんで、ちょっと個人的に事件《ヤマ》を調べてみる気になったわけです」

「やっぱり、そうだったか。で、どこまでわかったんだい？」

「まだ手がかりは摑んでません」

「見城君、往生際が悪いぜ。国分利香は彦坂とつるんで、誰かを強請ってたんだろう？」

「えっ、そうなんですか⁉」

見城は、ことさら驚いて見せた。

「また、いつものおとぼけか」

「そうじゃありませんよ。本当に意外な話なんで、びっくりしたんです。クラブハウスにいた相原って男の話によると、彦坂と利香は特に親しくはなかったらしいんですよ。

疑うんなら、相原って男に確かめてみてください」

「ま、いいさ。それはそれとして、きみも二つの殺人《コロシ》はどこかで繋がってると直感したんだよな。だから、わざわざ帝都ホテルの『孔雀の間』を覗《のぞ》く気になった。そうなんだろう？」

「待ってくださいよ、唐津さん。ホテルでも言いましたが、おれは同業者の寄り合いに顔を出しただけです」

「もう少しうまく嘘をつけよ。おれはホテルの宴会係に会って、調査会社関係の会合があるかどうか確認したんだ。おたくが『孔雀の間』にいる間にさ」

　唐津が皮肉たっぷりに笑った。

「一本取られたな。『孔雀の間』に行ったことは認めますよ」

「なぜ、『山藤』の矢内社長をマークする気になったんだ？」

「それは、いつか利香から『矢内社長にしつこく食事に誘われて、困ってるのよ』という話を聞いたことがあったからですよ」

「それで、おたくは振られた矢内が殺し屋《プロ》に国分利香を始末させたと思った？」

「ええ、その通りです」

「見城君、おれが新聞記者《ブンヤ》だってことを忘れちまったのか。茶番は、もうやめようや。

おれは、彦坂に関する情報をおたくに流してやったんだ。その返礼として、国分利香と矢内社長の関わりを教えてくれてもいいじゃないか」

「そう言われても、いま話したこと以外には何も知らないんですよ」

見城は、あくまでもシラを切り通した。

さすがに心が痛んだ。これまで唐津には、さんざん世話になっている。できることなら、利香が『山藤』からモニターの謝礼として千八百万円も受け取っていた事実を教えてやりたかった。

しかし、唐津はその情報から矢内と利香の間に何か裏取引があったと推測するだろう。そうなったら、自分よりも彼のほうが先に犯人にたどり着くかもしれない。

彦坂はともかく、利香は情《じょう》を通わせた仲だ。やはり、唐津に先を越されたくない。事件がスクープされたら、裏のビジネスもできなくなってしまう。それは困る。

「おれは事件の全貌を知りたいだけなんだ。見城君が企《たくら》んでることに関心もないし、おたくや百《どう》さんを売る気もない。そのことは、わかってくれてるよな。矢内と国分利香の間に何かトラブルめいたことがあったんだよなっ。それぐらいは教えてくれよ」

「何か知ってたら、喋りますよ。しかし、おれは何も摑んでないんです」

「おたくの気持ちは、よくわかったよ。しばらく、おたくとは会いたくないな」

唐津がそう言い、駆け足で離れていった。

「社の車、返しちゃったんでしょ？　唐津さん、おれの車に乗りませんか」

「………」

「自宅か、新聞社まで送りますよ」

見城は大声を張り上げた。唐津は黙したまま、ぐんぐん遠のいていった。

本気で腹を立てたようだ。見城は肩を竦《すく》め、上着のポケットからキーホルダーを取り出した。そのとき、闇から果実のような黒っぽい塊《かたまり》が飛んできた。見城の足許に落ちたのは手榴弾《しゅりゅうだん》だった。

見城は慄然《りつぜん》とした。

全身が恐怖で竦《すく》んだ。だが、それは一瞬のことだった。次の瞬間には、無意識に手榴弾を靴の先で思うさま蹴《け》っていた。

無気味な塊《かたまり》はボールのように飛び、数十メートル先の宙で爆発した。派手な炸裂音《さくれつおん》が轟《とどろ》き、赤い閃光《せんこう》が四方に飛び散る。

幸いにも、見城はかすかな爆風を受けただけだった。ひとまず安堵《あんど》して、暗がりに目を凝らす。どこからも敵は出現しない。二投目の手榴弾も投げ放たれなかった。

クラブハウスから、相原がこわごわ姿を見せた。

「な、何があったんです?」

「何者かが、わたしに手榴弾を投げつけてきたんです」

「ええっ」

「危険ですんで、建物の中に入っていてください。後のことは、わたしが処理しますんで」

見城は大声で言った。

相原があたふたとクラブハウスの中に逃げ込んだ。付近の住民たちが恐る恐る路上に現われた。見城はBMWに乗り込み、慌《あわ》ただしく発進させた。すぐに横道に入り、アクセルを踏み込む。

追跡してくる車はなかった。

手榴弾を投げた犯人は、どうやら現場から逃げ去ったらしい。利香を拉致した二人組か、放火犯の仕業《しわざ》なのか。それとも、別の敵なのだろうか。

ここまで来たついでに、利香の本通夜に顔を出してみる気になった。預かった二本の鍵も、故人の兄貴に返さなければならない。

見城は車を多摩堤通りに向け、喜多見《きたみ》を抜けて狛江《こまえ》市に入った。和泉本町、国領町を通過し、調布市の深大寺をめざす。

利香の実家に着いたのは午後十時近い時刻だった。

見城は途中のコンビニエンスストアで買った香典袋に十万円ほど包み、国分家の門扉《もんぴ》を潜《くぐ》った。前夜と同じように、庭先には刑事らしい男たちが目を光らせていた。見城は、黒縁眼鏡をかけていた。

玄関脇《わき》の受付に香典を置き、家の中に入る。

本通夜の弔い客は多かった。『ピックアップ・コーポレーション』のゼネラルマネージャーの細谷の姿もあった。伊勢倫子もいた。

すでに亡骸《なきがら》は柩《ひつぎ》の中に納められていた。祭壇には大きな遺影が飾られ、花や供物《くもつ》に囲まれている。僧侶たちは、どこにもいなかった。もう引き揚げたのだろう。祭壇の両脇には、遺族が並んでいた。

見城は遺影に合掌すると、利香の兄に目配せして先に部屋を出た。待つほどもなく国分直行が廊下に現われた。

見城は礼を言って、まず預かっていた二本の鍵を返した。

「いかがでした？」

利香の兄が声をひそめて問いかけてきた。

「別室で、お渡ししたいものがあるんですよ」

「わかりました」

二人は二階の一室に入った。和室だった。

見城は座卓を挟んで国分直行と向かい合うと、懐から利香の個人用預金通帳とモニター契約書を取り出した。

「どちらも西麻布のマンションにあったものです。妹さんの口座に、『山藤』から去年の十月から今年の三月まで毎月三百万ずつ振り込まれています。モニターの謝礼にしては、金額が多すぎる気がするんですよ。それから、契約期間も長すぎます」

「ええ、確かにね」

「妹さんが『山藤』にお金を貸して、三百万ずつ返してもらってたとも考えにくいんです」

「そうですね」

「振り込まれた千八百万円は、どういった種類のお金だと思われます？」

「あなたにこんなことを言うのは何なんですが、手切れ金か何かなのかもしれません。妹は永滝君と離婚した直後、『山藤』の社長か誰かの愛人めいたことをしてたんじゃないだろうか。ほんの短い間ね」

「そう思われる根拠は？」

「利香は、妹は気丈《きじょう》な性格でしたが、寂しがり屋だったんですよ。離婚のショックから立ち直るまで、誰か頼り甲斐《がい》のある男性に支えてほしかったのかもしれません」

利香の兄は、ひどく言いづらそうだった。見城のことを妹の最後の恋人と信じきっているのだろう。

「その相手が『山藤』の社長だったのかもしれないと？」

「ええ」

「そうなんでしょうか。生前、妹さんからパトロンめいた男性がいるということを仄《ほの》めかされたことは？」

「そういうことは一度もありません。昨夜《ゆうべ》も言いましたように、妹は私生活のことは親や兄のわたしにも、ほとんど話さなかったんです」

「ええ、そういうお話でしたね」

「ある時期、妹にパトロンがいたとしても、どうか赦《ゆる》してやってください。女が事業をつづけるのは、並大抵のことじゃないはずですから」

「そうでしょうね。故人の過去をとやかく言う気はありません」

「ありがとうございます」

「ただ、彼女はパトロンから手切れ金を平気で貰うようなタイプではなかったと思うんですよ」

「言われてみれば、確かにそうですがね」

「こんなことを言ったら、叱《しか》られそうですが、利香さんは別のことで『山藤』から千八百万円を貰ったとは考えられませんか？」

見城は迷いながら、そう言った。

「もう少し具体的におっしゃってください」

「わかりました。妹さんは仕事上のことで何か『山藤』とトラブルを起こし、その和解金というか、示談金を貰ったとも考えられるんじゃないでしょうか」

「たとえば、どのようなトラブルなんでしょう？」

「利香さんが他の企業から引き抜いた人材を『山藤』が約束通りに受入れなかったとか、引き抜きの報酬額が違ってたとか」

「うむ」

「そうじゃないとしたら、妹さんは『山藤』の何か不正を知って、口止め料めいたものを貰っていたのでは？」

「利香が恐喝まがいのことをしてたって言うんですか!?　わたしの妹がそんなことをするわけありません」

「しかし、お兄さん……」

「わたしのことを気安くお兄さんなんて呼ばないでくれ。妹を犯罪者扱いするような男には、すぐお引き取り願いたいな」

利香の兄が気色《けしき》ばんだ。

「お気持ちはわかりますが、利香さんは誰かに殺害されたんですよ。痴情の縺《もつ》れぐらいでは、パトロンに殺されるはずないでしょう？」

「妹が強請を働いてたなんて、わたしは絶対に思いたくないっ。帰ってくれないか。明日の告別式には来ないでくれ」

「最後に、もう一つだけ教えてください。利香さんは、どこか銀行の貸金庫を借りていたかもしれないんです。そのことで、何かご存じじゃありませんか？」

「知らないね。もう引き取ってくれないか」

「わかりました。失礼しました」

見城は立ち上がった。利香の兄が拳《こぶし》で座卓を打ち据《す》えた。

何か手がかりを得たい一心で、つい余計なことまで言ってしまった。利香の兄が怒るのは無理もない。

見城は少し悔やみながら、玄関口に急いだ。

車に戻り、すぐに百面鬼の携帯電話を鳴らす。ややあって、百面鬼が電話口に出た。呼吸が乱れていた。

「お取り込み中だったみたいだな」

「まあな。電源、切っとくべきだったぜ。何か急用かい？」

「明日、二つの捜査本部《チョウバ》の動きを探《さぐ》ってほしいんだ」

「あいよ。獲物の面《つら》が全然見えてこねえのか？」

「矢内が臭いと思うんだが、何も裏付《ウラ》けが取れてないんだ」

「まどろっこしいな。怪しい奴がいたら、ちょいと痛めつけてみようや」

「その前に、できるだけ捜査資料を手に入れてもらいたいんだ」

「わかったよ。見城ちゃん、もう切るぜ。男根《ディック》がうなだれそうなんだ」

「好きだね」

見城は先に電話を切った。

第三章　闇金融の密約

1

妙案が閃《ひらめ》いた。

見城はマグカップをコーヒーテーブルに置き、長椅子《ながいす》から立ち上がった。

自宅を兼ねた事務所だ。きのう帝都ホテルで里沙に手に入れてもらった招待客リストを眺《なが》めているうちに、『山藤』が高い謝礼を払って運転資金を集めているかどうか確かめる方法を思いついたのである。

午後二時過ぎだった。

出前のカツ丼《どん》を掻《か》き込《こ》んだのは十数分前だ。それは遅い昼食だった。

見城は壁際のスチールデスクに向かい、ホームテレフォンの親機に手を伸ばした。

リストを見ながら、前内閣で通産（現・経済産業）大臣を務めた殿村航平《とのむらこうへい》議員の事務所に電話をかける。受話器を取ったのは男性の第一秘書だった。見城は留守録用のマイクロテープの録音スイッチを入れ、努めて明るく言った。

「『山藤』の佐藤と申します。先生にわざわざ小社のパーティーにご出席いただきまして、ありがとうございました。おかげさまで、会が盛り上がりました」

「いやいや、うちの殿村も喜んでましたよ。お土産《みやげ》にいただいた漆器は、安くないもんなんでしょ？」

「出席してくださった方々には日頃《ひごろ》、大変お世話になっておりますので、あの程度の品物は差し上げませんとね」

「そうですか。はっはっは。いま、殿村は来客中で電話口に出られないんですよ。何か伝言がありましたら、わたしが代わりにうかがいましょう」

「ええ、ぜひお願いします。実は利率のことなんですよ」

「現在の十八パーセントから、何パーセントかアップしてもらえるのかな」

「いいえ、それが逆なんです」

「利率をダウンしてほしいって!?」

「ええ、そうなんです。悪質な顧客が増えまして、小社も焦げ付きに悩まされてましてね。六月の見直し時には、年十五パーセントにしていただけないでしょうか?」

「その利率じゃ、殿村は怒りますよ。都市銀行だって、年に十パーセントの裏金利は保証してくれる。生保会社に党の選挙活動資金を回してやれば、十数パーセントは付けてくれるだろう」

「小社は最低十五パーセントは保証します。リスクのない利殖としては、最もハイリターンだと思いますがね」

「それはわかってます。だから、殿村の個人資金の二十五億のほかに、殿村の属してる派閥のプール金を三千億円も『山藤』に預けたんじゃありませんかっ」

第一秘書が声を荒らげた。

「そのことには矢内はもちろん、社員一同が感謝しております。しかし、表向きほど経営状態はよくないんですよ」

「お台所が苦しいのは、こちらも同じですっ。企業からの献金が大幅に減少して、青息《あおいき》吐息《といき》なんだ。かつてのようにゼネコンや銀行からの闇《やみ》献金がたくさん入ってくるわけじゃないし、財テクでしくじった痛手がまだ尾を曳《ひ》いてる。現利率を割るようなら、『山藤』に貸し付けた金は即座に引き上げますよ」

「そ、そんなことをされたら……」

「『山藤』は、たちまち傾くことになるだろうね。十五パーセントじゃ、裏社会から流れてる巨額も回収されると思うな。芸能人やプロ野球のスタープレーヤーが個人的に貸してる金だって、引き上げちゃうでしょう。大きな会社になったといっても、所詮《しょせん》、『山藤』はサラ金だ。運転資金を貸してる連中はハイリターンが得られるから、街金《まちきん》とつき合ってるんだ。それがなけりゃ、誰だって、イメージのよくない会社とは関わりたくないさ」

「そのことは承知しております。しかし、このままでは……」

「何を言ってるんだ。三十パーセント、四十パーセントの闇高利で顧客を泣かせて、大《おお》儲《もう》けしてる会社が。事務手数料とか保証料なんて名目でごまかしてるが、法定利率なんかまったく無視してるじゃないか。それから、外国人の不法滞在者たちに荒っぽい取り立てをやらせてることにも問題はあるね」

「開き直らないでくださいよ」

「矢内さんは、裏の金銭貸借契約書が切札になると思ってるのかもしれないが、こっちには怖いものなんてないんだ。あんた、佐藤さんだったね？　社長に言っといてくれ。利率の引き下げどころか、六月以降は二十五パーセントにしてくれってな。こちらの条件を呑《の》まない場合は、提供した運転資金を全額引き上げるよ」

電話が乱暴に切られた。

やはり、思った通りだった。見城は、にんまりした。『山藤』が大物政治家、広域暴力団、芸能人、プロ野球選手などから運転資金を掻き集めていたことはほぼ間違いない。惨殺された国分利香は何らかの方法で、その裏取引を知ったのだろう。『山藤』にとって、裏社会の汚れた金を事業に遣《つか》っている事実が表沙汰《おもてざた》になったら、企業イメージは著《いちじる》しく悪くなる。

矢内が、千八百万円の口止め料を利香に払う気になっても別におかしくはない。しかし、その程度の弱みで彼女の口を永久に塞《ふさ》ぐ気になるものだろうか。

やはり、そのことには引っかかる。利香は、矢内のもっと大きな弱点を握っていたにちがいない。

受話器をフックに戻したとき、部屋のインターフォンが鳴った。

セールスマンに化けた刺客なのか。見城は足音を殺しながら、玄関ホールに歩《ほ》を進めた。息を詰めて、ドアスコープを覗《のぞ》く。

訪ねてきたのは新宿署の極悪刑事だった。百面鬼は山葵《わさび》色のスリーピースを着込んでいた。シャツは黒で、派手なプリント柄のネクタイを締めている。靴は白と黒のコンビネーションだった。

見城はシリンダー錠を外し、手早くドアを開けた。

「百《どう》さん、その身なり、なんとかならないの。田舎の地回りみたいで、垢抜《あかぬ》けないよ」

「うるせえ。ほっといてくれ。これでも、おれのファッションセンスを誉《ほ》めてくれる女もいるんだ」

「フラワーデザイナーの久乃さんは、山奥で育ったんだっけ？」

「この野郎、絞め殺すぞ。久乃は横浜育ちだよ」

百面鬼が見城の胸を軽く押し、せっかちに靴を脱いだ。

見城は百面鬼をソファに坐らせ、客用のマグカップにコーヒーを注いだ。それから彼は百面鬼と向かい合い、きのうの出来事と元通産（現・経産）大臣の事務所に電話をしたことを喋《しゃべ》った。

「『山藤』に銭を貸してる政治家や芸能人から、そのうち小遣い貰《もら》いに行こうや」

百面鬼が薄笑いをし、葉煙草《シガリロ》をくわえた。

「そうするか。ところで、代々木署と麻布署の動きはどう？」

「どっちも捜査は難航してるな。けど、いくつか情報《ネタ》を拾ってきたぜ。彦坂は『山藤』の株を持ってただけじゃなく、矢内の会社の与党総会屋もやってたんだ」

「つまり、株主総会で車代をせびりに現われる野党総会屋やブラックジャーナリストたちを追っ払ってたんだね？」

「ああ、そういうことだ。それから、彦坂が使ってた六本木のオフィスの家賃は『山藤』が払ってた」

「矢内はサイドビジネスに、彦坂に悪質なリストラ請負をさせてたんだろうか」

見城は冷めたブラックコーヒーを喉《のど》に流し込んだ。

「そうなんじゃねえか。どっちにしても、矢内と彦坂が親しい間柄だってことがはっきりしたよな」

「そうだね。裏ビジネスを巡《めぐ》って、二人は対立することになったんだろうか」

「だとしたら、彦坂は自分の取り分をもっと多くしてくれって、矢内に談判したのかもしれねえな」

「彦坂は何かで銭が必要だったんだろうね」

「見城ちゃん、いい勘してるな。彦坂は銀座のクラブの女に、十カ月前にレストランを持たせてやったんだよ。しかし、その店が赤字つづきなんだ」

「レストランは、どこにあるの？」

「狸穴《まみあな》だよ。『ブルターニュ』ってフランス料理の店だってさ。女の名前は、えーと、蓮沼《はすぬま》佐知《さち》だったな。二十七歳だったと思うよ。その佐知って愛人《レコ》に会えば、何か手がかかりを摑《つか》めるんじゃねえのか」

「そうだろうね」

「けど、なんかまどろっこしいな。殿村の公設第一秘書との録音音声を使って、矢内んとこに乗り込んだほうがいいんじゃねえの？」

「それは、いつでもできるよ。おれは彦坂の殺された理由よりも、利香がなぜ殺されたかを先に知りたいんだ。ひょっとしたら、彦坂、利香、矢内の三人は一本の線で繋がってるのかもしれない」

「それじゃ、『ブルターニュ』に行ってみようや」

百面鬼が言った。

見城は立ち上がり、寝室に走り入った。手早く外出の準備を整えて、百面鬼と一緒に部屋を出る。二人は地下駐車場で、それぞれ自分の車に乗り込んだ。百面鬼の覆面パトカーが先にスタートした。見城はクラウンの後に従った。

数十分で、『ブルターニュ』に着いた。

店はロシア大使館の裏手にあった。洋風の民家を改造したビストロ風の洒落《しゃれ》たフレンチ・レストランだった。見城たちは店の前の路上に車を駐《と》め、濃緑《こみどり》のドアを押した。外壁は、くすんだ白だった。

店内には、客の姿はなかった。

テーブル席が六卓あって、フランスの古い民具がさりげなく飾られている。天井の梁《はり》は、わざと剝《む》き出しにしてあった。雰囲気は悪くないが、どことなく活気がない。

百面鬼が大声で呼びかけると、厨房《ちゅうぼう》から二十六、七歳の女が現われた。経営者か。

「いらっしゃいませ。お好きな席にお掛けください」

「客じゃないんだ」

百面鬼が上着の内ポケットからＦＢＩ型警察手帳を取り出し、女の顔の前に突き出した。女の表情に失望の色が宿った。

不自然なほど目鼻立ちがくっきりとしている。多分、何度か美容整形手術を受けたのだろう。

「蓮沼佐知さんだね？」

百面鬼がぶっきら棒に訊《き》いた。

「ええ、そうです。どうせ彦坂さんのことなんでしょ？」

「まあね」

「わたし、知っていることは麻布署の刑事さんに全部話しましたよ。警察の方に何度も来られるのは迷惑なんですよ、客商売ですのでね」

「流行《はや》ってるようには見えねえけどな」

「この時間帯は、いつも閑《ひま》なんです。でも、夕方になれば、予約のお客さまが大勢いらっしゃるの」

「ふうん」

「あなた方も麻布署の刑事さんなの？」

「おれたちは本庁捜査一課の者だよ。麻布署に帳場が立ったんで、所轄署に設置された捜査本部に出張《でば》ってんだ」

「帳場が立つって？」

「所轄署に捜査本部が設置されることを指《さ》す警察用語だよ。所轄の刑事たちの事情聴取が甘いんで、おれたちが来たってわけさ。ちょっと協力してくれや」

「わかりました」

佐知が諦《あきら》め顔で言い、二人を中ほどの席に導いた。見城は百面鬼と並んで腰かけた。

百面鬼が奥だった。

佐知は短く迷ってから、見城の前に腰かけた。香水の匂《にお》いが鼻腔《びこう》をくすぐる。

「中村といいます。あなたと彦坂さんは愛人関係にあったんでしょ？」

見城は偽名を口にし、佐知に確かめた。

「ええ、そういうことになるわね」

「この店の開業資金は、そっくり彦坂さんが用意してくれたのかな」

「ええ」

「失礼だが、費用は総額でどのくらいかかりました？」

「なんだかんだで、六千万はかかってるわね。テーブルも椅子も、フランスから取り寄せたんですよ。シェフもフランスの三つ星ホテルで十年も修業した方に来てもらったの」

「しかし、客の入りは期待したほどじゃなかった。で、オープン以来、ずっと赤字つづきだった。そうなんでしょ？」

「失礼な方ね。赤字になった月なんか一遍《いっぺん》もないわ」

「この店の経営状態は、もうわかってるんですよ。下手な嘘《うそ》はつかないほうがいいな」

「なあんだ、知ってたの。そう、ずっと赤字だったのよ。それでパパに泣きついたら、なんとかしてくれるって言ってくれたの。でも、その矢先に殺されてしまって」

佐知が下を向いた。

「彦坂さんに金策の当てはあったんだろうか」

「ええ、あったみたいよ。ちょっと貸しのある実業家がいるから、その人から四、五千万回してもらうつもりだと言ってたわ」

「具体的な名前は言わなかったのかな」

「ええ、そこまではね。でも、かなり親しい相手みたいでしたよ」

「そう。どんな貸しがあるんだろう？」

「わたしにはわかりません。パパは仕事関係のことは、何も話してくれなかったのよ。ビジネスコンサルタントだってことは知ってたけどね」

「けっ、何がビジネスコンサルタントだっ」

百面鬼が、せせら笑った。佐知が不快そうに眉根《まゆね》を寄せる。

「まさかあんた、彦坂のことをまともな経営コンサルタントか何かと思ってたんじゃねえだろうな。え？」

「パパが若いころ、やんちゃをしてたことは知ってるわ。でも、六年ぐらい前に組とはきっぱり縁を切ったと言ってたわよ。それからは、真面目《まじめ》にビジネスコンサルティングの仕事をしてるって」

「彦坂は総会屋で、リストラ請負人だったんだよ。そのほかにも、いろいろ危《ヤバ》いことをやってたに違《ちげ》えねえんだ。手形のパクリ、倒産整理、競売なんかもやって、裏経済で甘い汁を吸ってやがったんだろう。だから、金属バットで撲殺されちまったんだ。自業自得だな」

「パパのことをそんなに悪く言わなくてもいいでしょ。わたしには、とっても優しくしてくれたんだから」

「そいつは、あんたの抱き心地がよかったからだろうよ。あんた、ベッドで彦坂に目一杯、サービスしたんじゃねえの？」

「失礼なこと言わないでよっ」

「冗談だって。そうカッカすることねえだろうが」

百面鬼がやり返した。

佐知を本気で怒らせてしまったら、手がかりを得られなくなる。見城はそう判断して、佐知を執《と》り成《な》した。

「相棒は、きみが男たちを蕩《とろ》かすようないい女だと言ってるんだよ。照れ屋だし、ボキャブラリーも貧困なんだ。悪意はないんだよ」

「そうかしら？　悪意に満ちてる言い方だったけど」

「そんなことはないよ。こっちだって、きみの大人の色香にまいりそうだ」

「そう？　わたし、男性を惹《ひ》きつけるフェロモンがあるのかしら」

佐知の表情から、強張《こわば》りが消えた。セクシーな美女だが、頭はあまりよくないようだ。

「ところで、彦坂さんから矢内昌宏という名を聞いたことはない？」

「そういう名前には、聞き覚えがないわ。組《くみ》関係の人なの？」

「いや、そうじゃないんだ。国分利香という名前は？」

「どっかで聞いたことがある名前ね。あっ、思い出したわ。大型保冷車の中で凍死体で見つかった女性でしょう？」

「そう。彦坂さんから、その名を聞いたことある？」

「ないわ。小学校のクラス担任が国分という名前だったんで、わたし、その女の人のことを憶《おぼ》えてただけよ」

「そうなのか」

「パパの事件と殺された女性は何か関わりがあるの？」

「あるかもしれないと思ったんですよ。貴重な時間を割《さ》いてもらって、申し訳ない。ご協力に感謝します」

見城は佐知に言って、おもむろに腰を浮かせた。慌《あわ》てて百面鬼が立ち上がる。

二人は店の前で立ち止まった。

「無駄骨を折っちまったな。彦坂の事務所に行って、ちょっと物色してみるか」

「百《どう》さん、麻布署の奴らが張り込んでる可能性もあるぜ」

「そんときはそんときさ。とにかく、行ってみようや」

百面鬼がそう言い、覆面パトカーに駆け寄った。見城もＢＭＷの運転席に入った。

六本木は目と鼻の先だった。彦坂が使っていたオフィスは、雑居ビルの七階にあった。

事務所のドアは大きく開け放たれ、運送会社の作業服を着た若い男が床の紙屑《かみくず》を拾い集めていた。

「おい、ここにあった荷物はどうしたんだ？」

百面鬼が男に話しかけた。

「この事務所は、もう引き払ったんですよ」

「そんなことは、見りゃわからあ。移転先を教えろって言ってんだっ」

「あなた方は？」

「警察の者だ。荷物はどこに移したんだ？」

「成城五丁目の矢内というお宅です」

「コンテナトラックは、どこに駐めてある？」

「もうトラックは出発しちゃいました。十分ほど前に。ぼくは、ここの掃除をやってから、成城に行くことになってるんですよ」

男がおどおどと答えた。

「くそっ。ひと足遅かったな」

「百《どう》さん、これで矢内に対する疑惑が深まったじゃないか」

「そうだな。で、どうする？」

百面鬼が問いかけてきた。

「悪いが、百《どう》さんは彦坂の妻に会いに行ってくれないか」

「オーケー。見城ちゃんは、どうするんでえ？」

「矢内を挑発してみるよ」

「挑発？」

「そう。西新宿の『山藤』の本社の前をうろついて、敵の反応を探《さぐ》ってみる。矢内が荒っぽい連中を差し向けてきたら、そいつらを痛めつけて口を割らせるよ」

「危《ヤバ》くなりそうだったら、いつでもおれの携帯を鳴らしてくれ。すぐに助《ス》けに行かあ」

「頼もしい相棒だね」

見城は百面鬼と肩を並べて歩きだした。

2

襲撃者は、いっこうに迫ってこない。

すでに陽《ひ》は沈んでいた。外は真っ暗だった。矢内は罠《わな》の気配を感じたのだろうか。

見城は『山藤』の本社ビルを見上げた。

十一階建てだった。自社ビルである。どの窓も明るかった。社長室は、最上階にあるはずだ。

見城はわざと目立つように一階の玄関ロビーを何度も覗き込んだ。受付嬢たちは、すぐに警戒するような眼差《まなざ》しを向けてきた。ビルに出入りする社員たちも、訝《いぶか》しげな目で見城を見た。

当然、本社ビルの前でうろついている不審者のことは矢内社長の耳に入っているだろう。それでも、なんのリアクションも見せない。

矢内は下手に反応して、馬脚《ばきゃく》を現わすことを恐れているのか。二つの殺人事件に自分は関与していないということを主張したくて、見城を黙殺しているのだろうか。

これ以上ここにいても、時間の無駄かもしれない。松丸に電話して、『山藤』の本社ビルと矢内の成城の自宅に盗聴器を仕掛けてもらうことにした。

見城は歩きはじめた。ＢＭＷは裏通りの路上に駐《と》めてあった。

百数十メートル歩くと、オフィスビルの陰から見覚えのある男が飛び出してきた。利香のオフィスに火を放って逃げた二十七、八歳の男だ。

「矢内に頼まれたんだなっ」

見城は助走をつけて、相手の胸板に飛び蹴《げ》りを見舞う気になった。

跳《と》ぼうとしたとき、背後で足音が響いた。複数だった。振り向く前に、見城は背中に固い物を押し当てられた。銃口よりも直径が大きい。消音器の先端だろう。

見城は首を捩《ねじ》った。

後ろに立っているのは国分利香を拉致《らち》した二人組だった。片方の男は、消音装置を装着したステンレス製の自動拳銃《けんじゅう》を構えていた。

アメリカ製のハードボーラーだ。四十五口径だった。至近距離で撃たれたら、命を落とすことになるだろう。

「ちょっとつき合ってもらうぜ」

前にいる眼光の鋭い男が言って、くるりと背を向けた。

見城は、あえて逆《さか》らわなかった。わざと敵の手に落ちて、新たな手がかりを得る気になったのだ。

「もっと早く歩けねえのかっ」

二人組の片割れが苛ついた。

見城は素直に歩度《ほど》を速めた。三人の男に取り囲まれながら、西新宿中学校の裏通りまで歩く。そこには、灰色の大型四輪駆動車が駐めてあった。放火男が運転席に入った。

見城はナンバープレートを見た。

プレートは不自然に折り曲げられ、4という数字しか見えない。

二人組のひとりが後部座席のドアを開けた。拳銃を手にした男が、サイレンサーの先端で見城の背中を小突いた。

「わかってるよ」

見城はリアシートに坐った。

二人組は見城の両側に乗り込んできた。見城は挟まれる恰好《かっこう》になった。

ハードボーラーを握った男は左側だった。口髭《くちひげ》を生やした右側の男が粘着テープを引き千切り、見城の目許に貼《は》りつけた。

車のウインドーシールドは、スモークになっていた。外から車内の様子はうかがえないが、中からは外が見える。

「逃げやしないよ。目隠しを外してくれ」

見城は誰にともなく言った。三人は口を閉ざしたままだった。

「ちょっとドライブしような」

運転席の男が笑いを含んだ声で言い、四輪駆動車を荒っぽくスタートさせた。

それから間もなく、右隣の男が見城のポケットを入念に探《さぐ》った。

「丸腰だよ。金を抜くなよな」

見城は言った。

「おめえ、いい根性してんな。それとも、虚勢を張ってやがるのか？」

「もっと離れてくれ。おれは女専門なんでな」

「ふざけやがって」

口髭の男が逆上し、見城の脇腹《わきばら》に肘《ひじ》打ちを浴びせてきた。

見城はエルボーパンチを見舞われる気配を感じ取り、とっさに腹筋に力を込めていた。

ダメージは小さかった。

「おれをどこまで連れていく気なんだ？」

見城は、左隣の男に声をかけた。

「さあ、どこかな」

「おまえら、どこの組の者だ？　堅気じゃないことは、すぐにわかるからな」

「うるせえ野郎だな」

男がうっとうしげに呟《つぶや》き、いきなり銃把《グリップ》の角で見城の太腿《ふともも》を強打した。

もちろん、見えたわけではない。感触で、グリップで打たれたことがわかったのだ。不意を衝《つ》かれた形だった。

見城は長く唸《うな》って、体を縮めた。

一瞬、反射的に拳銃を持った男に組みつきそうになった。だが、すぐに思い留《とど》まった。

「黙ってドライブにつき合えや」

男が見城に言い、口髭の男に何か合図する気配が伝わってきた。口髭の男がポケットから何か取り出し、見城に上体を屈《かが》めるよう命じた。

「おれの両手を後ろ手に縛る気だな。そんなことしなくたって、もう暴《あば》れやしないよ」

見城は、どちらにともなく言った。

返事の代わりに、消音器の先が側頭部に当てられた。見城は両腕を腰の後ろに回し、手首を重ねた。口髭の男が樹脂製の紐《ひも》で手早く両手首を括《くく》った。多分、結束バンドだろう。

結束バンドは本来、電線や工具を束《たば》ねるときに使う。強度は針金並《はりがねなみ》だ。

そんなことから、アメリカの警官や犯罪者たちは結束バンドを手錠代わりに用《もち》いている。日本でも数年前から、暴力団の組員たちが使うようになった。

四輪駆動車が広い車道にぶつかった。

見城は無数の排気音で、それを察したのだ。暴漢たちの車は右折し、すぐに加速した。

山手通りだろう。

四輪駆動車はしばらく走り、今度は左に折れた。また道なりに進み、高速道路に入った。走行時間から推《お》し量《はか》ると、どうやら関越自動車道のようだ。

四輪駆動車は二つのレーンを使い分けながら、ひたすら疾走した。

どれほど経《た》ってからか、車が左のレーンに移った。そのままループを下《くだ》り、ＩＣ《インターチェンジ》の料金徴収所に差しかかった。

四輪駆動車は一般道路を十分ほど走ると、脇道に入った。そのとたん、サスペンションが上下に弾みはじめた。

「山の中に入ったようだな」

見城は、ハードボーラーを握りしめている男に言った。

「まあな」

「埼玉か？　それとも、もう群馬県に入ってるのかな」

「どっちでもいいじゃねえか」

「おれの死場所ぐらい知っておきたいんだよ」

「殺《や》ると言った覚えはねえぞ」

「おれを痛めつけろって言ったのは、『山藤』の矢内社長なんだなっ」

「誰なんでえ、そいつは？」

「クライアントの名前は、口が裂けても言えないってわけか」

「そんなことじゃねえよ。矢内って奴のことは、ほんとに知らねえんだ。もう黙りなっ」

男が言って、銃把の角で見城の膝《ひざ》を軽く叩《たた》いた。見城は口を結んだ。

やがて、車が停まった。口髭をたくわえた男が、真っ先に車外に出た。次いでドライバーが降りる。

「さあ、着いたぜ」

拳銃を持った男が右腕で、見城の肩口をむんずと摑んだ。いつの間にか、ハードボーラーは左手に移されていた。

見城は車から引きずり出された。

足許で、砂利《じゃり》が鳴った。鉄錆《てつさび》臭い。自動車の解体工事か、鉄工所なのか。

男たちは、自分から何か聞き出そうとしているようだ。それまでは、ハードボーラーをぶっ放したりはしないだろう。

見城は、拳銃を持った男に体当たりをくれた。

相手がよろけた。短い声も洩《も》らした。それで、男のいる位置の見当をつけた。

見城は前蹴りを放った。

空気が縺《もつ》れ、チノクロスパンツの裾《すそ》がはためいた。蹴りは相手の金的《きんてき》に決まった。股間《こかん》だ。男の急所である。

見城は、すかさず中段回し蹴りを見舞った。

脛《すね》が、屈《かが》み込みかけていた相手の頭部に当たった。男が横に転がる。

銃身が砂利に触れる音がした。

見城は、また足技《あしわざ》を使った。横蹴りは男の顎《あご》の骨を砕《くだ》いた。

男が引っくり返った。ハードボーラーが手から落ちたのではないか。

見城は足で、相手の武器を探《さぐ》った。

何度か砂利を踏むと、靴の底に筒状の物が当たった。消音器にちがいない。

見城はコサックダンスの踊り手のように腰を沈めた。後ろ向きになって、縛られた両手で拳銃を探《さぐ》る。銃身に指先が届いた瞬間、腹に鋭いキックを入れられた。気合を発したのは、ステアリングを握っていた男だ。

見城は尻《しり》から落ちた。

ほとんど同時に、首筋に刃物を押し当てられた。口髭の男が、見城の頭の上で喚《わめ》いた。

「てめえ、頸動脈《けいどうみゃく》を掻っ切られてえのかよっ」

「おれの負けだ。もう暴れないよ」

「そのまま、おとなしく立ち上がれ！」

「自分じゃ立ち上がれないんだ。ちょっと手を貸してくれないか」

見城は言った。

口髭の男が見城を抱え起こした。見城は、ひとまず反撃を諦《あきら》めた。

「味なことをやるじゃねえか」

リーダー格の男が言いざま、ロングフックを繰り出した。

見城は躱《かわ》せなかった。強烈なパンチを頬《ほお》に受け、少しよろけた。

そのとき、前蹴りを浴びせられた。狙《ねら》われたのは急所だった。まともに睾丸《こうがん》を蹴られ、息が詰まった。うずくまると、今度は鳩尾《みぞおち》のあたりを蹴られた。見城は前屈みに倒れた。

「おい、電気を点けてこい」

リーダー格の男が、ドライバー役の手下に命令した。二十七、八歳の男は小走りに去った。

見城は残った二人に引きずられ、何かの建物の中に連れ込まれた。口髭の男が、見城の目隠しを荒っぽく引き剝がした。

倉庫のような鉄工所だった。隅の方に鉄板が堆《うずたか》く積み上げられ、埃塗《ほこりまみ》れの旋盤が三台並んでいた。クレーンもあった。

天井の蛍光灯の電球は一本だけしか点いていない。ほかの二本は破損していた。

「国分利香から、どこまで聞いたんでえ？」

リーダー格の角刈りの男が言って、ハードボーラーを両手保持で支えた。スライドは引かれている。

「おまえらが利香に睡眠導入剤と向精神薬を無理に服《の》ませて、保冷車の中に放置したんだなっ」

見城は三人の男を順番に睨《にら》みつけながら、密かに両手首を小さく動かしはじめた。縛《いまし》めには、ほんの少しだけ緩《ゆる》みがあった。

「利香から何か聞いてるんだろっ」

「何かって？」

「てめえ、鎌《かま》をかける気だな。その手にゃ、乗らねえぞ」

「利香は、『山藤』の矢内社長のどんな弱みを握ってたんだ？」

「そんな野郎、知らねえって言っただろうが！」

角刈りの男が喚《わめ》いた。

「おまえらが矢内を知らないってことはないはずだ」

「てめえ、しつこいぞ。それより、女から預かった物はどこに隠してある？」

「預かった物だって⁉　おれは、利香から何も預かっちゃいないぞ。いったい彼女は何を持ってたんだ？　逆に教えてほしいな」

「とぼけ通せると思ったら、ちょいと甘いぜ」

「また、おれを痛めつけようってわけか」

見城は言いながら、壁まで退《さ》がった。

口髭を生やした男が白っぽいシルクブルゾンのポケットから、フォールディング・ナイフを取り出した。刃を起こし、無防備に近づいてくる。刃渡りは十五、六センチだった。

「腕か脚をぶっ刺してやろう。どっちがいい？」

「どっちも遠慮したいね」

「そうはいかねえんだよっ」

見城は前に勢いよく踏み出した。

「なら、仕方ないな」

誘いだ。案の定《じょう》、口髭の男がナイフを斜めに振り下ろす。刃風《はかぜ》は重かったが、見城には届かなかった。

相手の体勢が崩れた。反撃のチャンスだ。

見城は横蹴りで、男を倒した。すぐに踏み込み、相手のこみかみを蹴る。

男は四肢《しし》を縮めて、独楽《こま》のように回った。ナイフがコンクリートの床に落ち、二メートルほど滑走した。

「やるじゃねえか」

眼光の鋭い男が闘牛のように頭を低くして、突進してきた。腰に組みつく気なのだろう。

見城は相手を充分に引き寄せてから、横に跳《と》んだ。すかさず足払いをかける。ドライバーを務めた男が前にのめった。

見城は走り寄って、相手の脇腹と側頭部をつづけざまに蹴った。

的《まと》は外さなかった。男が唸りながら、体を丸めた。見城は、角刈りの男に向き直った。

そのとき、かすかな発射音がした。九ミリ弾が見城の左耳すれすれのところを駆け抜けていった。衝撃波で一瞬、聴覚を失った。

「ゆっくりと両膝を落としな」

　角刈りの男が命じた。

　見城は言われた通りにした。動き回っているうちに、結束バンドがだいぶ緩《ゆる》んでいた。

右手首を捻《ひね》ると、あっさり抜けた。笑みがこぼれそうだった。

　角刈りの男が無防備に近づいてきた。

　見城はタイミングを計って、相手の両脚を掬《すく》い上げた。男が短く叫び、尻餅《しりもち》をついた。

見城は右の鉤突《かぎづ》きを放ち、消音器付きのハードボーラーを奪い取った。ほかの二人は、
転がったままだった。

「これで、立場が逆転したな」

　見城は拳銃を構えながら、フォールディング・ナイフを拾い上げた。

「お、おれたちを撃《ハジ》くのか⁉」

　角刈りの男の声は震えを帯びていた。

「場合によってはな」

「や、やめてくれ。おれたちは国分利香を引っさらっただけで、殺《や》っちゃいない。嘘じ
やねえよ」

「利香を拉致しろって言ったのは、『山藤』の矢内だなっ」

「そうじゃねえよ。ある組の若頭《カシラ》に頼まれて、動いただけなんだ」

「組の名と依頼人を教えてもらおうか」

見城は言った。

「言えねえよ。そいつだけは勘弁してくれ。おれたち三人は誠仁会《せいじんかい》の者だ。それなりの詫《わ》びを入れるから、見逃してくれねえか。頼む！」

「話をはぐらかすな。誰に頼まれて、利香を拉致したんだっ」

「死んでも言えねえよ」

角刈りの男が言った。見城は無言で、男の右の膝頭を撃ち抜いた。男が動物じみた声をあげ、転げ回った。

見城は屈み込み、男の左足のアキレス腱《けん》をフォールディング・ナイフで切断した。脹《ふく》ら脛《はぎ》の筋肉が縮まり、不自然に盛り上がった。

口髭の男とドライバー役の男が相前後して跳ね起き、逃げる素振りを見せた。見城は二人の腿に一発ずつ銃弾を浴びせた。

男たちは前のめりに倒れ、体を左右に振りはじめた。

「もう撃つな！　撃たねえでくれーっ。関東義友会新堀組《しんぼりぐみ》の水野幸夫《みずのゆきお》さんに頼まれたんだよ」

角刈りの男が呻《うめ》きながら、涙声で言った。

「その水野って奴が舎弟か誰かに国分利香を始末させたんだなっ」

「そのへんのことはわからねえんだ。若頭の水野さんは何も教えてくれなかったからな」

「水野は、利香がおれに何を話し、何を預けてると言ってたんだ？」

「具体的なことは何も教えてくれなかったんだよ。ただ、女があんたに何か話して、何か預けてある可能性があると……」

「彦坂憲和ってリストラ請負人も、おまえらは殺《や》ってないのか？」

「殺人《コロシ》はやってねえよ。ほんとだ。水野さんに言われて、おれたち、あんたを追っかけ回したり、利香って女の会社に火を点けただけだよ。最近は遣り繰《シノギ》りがきついんで、ほかの組織の半端仕事もやってるんだ」

「ここは、どこなんだ？」

「安中《あんなか》市の外れだよ、群馬県の。この工場は、おれの親父が一年数カ月前までやってたんだ。けど、資金繰りがうまくいかなくなって、鉄道自殺しちまったんだ」

「もういい。水野に余計なことを喋ったら、三人とも殺《や》っちまうぞ」

「水野さんには何も言えねえよ。おれたちが失敗《ドジ》ったことを知られたら、危《ヤバ》いことになるからな」

「それもそうだな。車に鍵《キー》は差し込んだままだな?」

「ああ」

「ちょいと借りるぜ」

「それはいいけど、サイレンサーと拳銃は返してくれねえか。どっちも水野さんから借りたものなんだ」

「どこかに置き忘れたとでも言っとけ。あばよ」

見城は血みどろのナイフを遠くに投げ捨て、大股《おおまた》で外に出た。消音器付きのハードボーラーをベルトの下に差し込み、四輪駆動車に駆け寄る。

3

エプロンステージが明るくなった。

疎《まば》らな拍手が響いた。コロンビア人の若いストリッパーがブリッジの姿勢をとり、観客たちに赤く輝く性器を晒《さら》した。歌舞伎町《かぶきちょう》二丁目にあるストリップ劇場だ。

見城は最後列に腰かけていた。

劇場は雑居ビルの地下一階にあった。四十人前後の客が入っている。夜の九時過ぎだった。

関東義友会新堀組の水野幸夫は、エプロンステージの最前席に坐っていた。

両隣にはガードの組員がいる。どちらも大柄だった。

安中市の鉄工所で誠仁会の三人を痛めつけたのは一昨日の夜だ。見城はきのうの正午過ぎから、水野を尾行しつづけていた。

しかし、若頭の水野には常に二人の若い衆が同行していた。迂闊《うかつ》には近づけなかった。

百面鬼の情報によると、撲殺された彦坂は新堀組と親交があったらしい。彦坂の未亡人は詳しいことはわからないと答えたという。亡夫の仕事内容についても同様だった。

何人かの客がインスタントカメラで、ストリッパーの秘めやかな部分を撮《と》った。一枚の撮影料は二千円だった。

髪を金色に染めた踊り子は、恥毛をきれいに剃《そ》り落としていた。

はざまは爛《ただ》れたように赤かった。剝《む》き出しの性器が生々しい。

ストリッパーはレンズを向けられるたびに、二本の指で花弁を大きく押し開いた。濡《ぬ》れた襞《ひだ》はピンクだった。

踊り子は客たちに秘部を眺めさせると、ステージの中央に銀色のマットレスを敷いた。数人の男たちが照れ笑いを浮かべながら、ジャンケンをした。

セールスマンふうの三十代後半の男がストリッパーと交わる権利を得た。その男がステージに上がりかけると、水野の番犬のひとりが腰を浮かせた。

髪にパーマをかけた男だった。二十六、七歳だろう。男はセールスマンふうの客に何か小声で言った。

話しかけられた男は怯《おび》えた顔になり、すぐに自分の席に戻った。パーマ頭の組員がステージに上がり、マットレスの中央に坐り込んだ。

全裸の踊り子が横坐りになって、男のだぶだぶのスラックスとトランクスを脱がせた。場内にどよめきが起こった。パーマの男は踝《くるぶし》まで刺青《いれずみ》を入れていた。総身彫《そうしんぼ》りで肌を飾っているのだろう。

ストリッパーは彫りものを目にしても、少しもたじろがなかった。おしぼりで半立ちのペニスを何度か拭《ぬぐ》い、ためらうこともなく赤い唇を被せた。

パーマをかけた男は、踊り子の体を愛撫《あいぶ》しはじめた。荒っぽい愛撫だった。

やがて、ストリッパーは顔を上げた。

男の分身は猛《たけ》っていた。巨根だった。ストリッパーがカラースキンを被《かぶ》せ、マットレスに身を横たえる。すぐに膝を立てた。

男がワイルドに分け入り、踊り子の両脚を肩に担《かつ》ぎ上げた。そのまま女体を折り畳み、がむしゃらに突きはじめた。

「拍手、拍手！」

水野が笑いながら、大声で言った。

周《まわ》りの客たちが一斉《いっせい》に手を叩いた。パーマ頭の組員は、狂ったように腰を躍動させつづけた。ストリッパーは演技過剰と思えるほどオーバーに呻き、張りのあるヒップを打ち振った。男の動きが一段と大きくなった。

その直後だった。

ドアが乱暴に開けられ、四、五人の男が場内になだれ込んできた。警察の手入れかもしれない。

見城は焦《あせ》った。安中の鉄工所で誠仁会のやくざから奪った消音器付きのハードボーラーを腰のベルトに挟んでいた。弾倉《マガジン》には、四発の実包《じっぽう》が入っている。

「警察だっ。そのまま、そのまま！　みんな、動くなよ」

男のひとりが大声で叫んだ。

ステージで交合していたストリッパーとパーマ頭の男が、弾かれたように離れた。刑事たちが舞台に駆け上がり、淫《みだ》らな行為に耽《ふけ》っていた男女を取り押さえた。

「新宿署生活安全課です。お客さん方も、じっとしててくださいよ。ひとりずつ調書を取らせてもらいますからね」

出入口を塞《ふさ》いだ五十年配の刑事が、穏《おだ》やかに言った。

ひとまず拳銃を離れた座席の下に隠すことにした。見城は刑事たちの動きを目で追いながら、ハードボーラーの銃把《じゅうは》に手を掛けた。自動拳銃を引き抜こうとしたとき、誰かが駆け寄ってきた。なんと百面鬼だった。

「百《どう》さんが手入れさせたんだな？」

「そうだ。ずっと水野のお供をしてても仕方ないじゃねえか。だから、ちょいと細工したってわけよ」

「おれ、危《ヤバ》い物を持ってるんだ。百《どう》さん、預かってくれないか」

「心配いらねえよ。おれと一緒に来いや」

「どんな手品を使うんだい？」

見城は立ち上がった。

百面鬼は曖昧《あいまい》に笑って、先に歩きだした。見城は百面鬼の後に従った。

「その男は？」

ドアのそばに立った五十歳絡《がら》みの刑事が見城に目を当てながら、百面鬼に訊いた。

「おれの友達《ダチ》だよ」

「しかし、一応、調書は取らせてもらわんとね」

「元同業だよ。六年前まで赤坂署にいたんだ」

百面鬼が低く答えた。

すると、相手は黙ってドアの外を指さした。二人は急いでストリップ劇場を出た。

「おれが水野をうまく表に連れ出す。見城ちゃんは鬼王《きおう》神社の境内《けいだい》で待っててくれ」

百面鬼が耳打ちし、雑居ビルの地下一階に戻っていった。

見城は煙草に火を点けた。裏通りをたどって、バッティングセンターの脇を抜ける。

見城は区役所通りを横切って、鬼王神社の境内に足を踏み入れた。人の姿はどこにも見当たらなかった。

見城は、社《やしろ》の横の暗がりにたたずんだ。

十分ほど待つと、二つの人影が近づいてきた。百面鬼と水野だった。水野は前手錠を打たれていた。

「旦那《だんな》、悪い冗談はやめてくださいよ。ストリップ観《み》てたぐらいで手錠《ワッパ》打つのは、やり過ぎでしょうが」

「おめえの容疑は銃刀法違反だよ」

百面鬼が言った。

「何を言ってんです!? おれ、丸腰だったじゃねえですか」

「いや、おめえは拳銃《チャカ》を持ってた。手入れがあったとき、とっさに近くの座席の下に物《ぶっ》騒《そう》な物を隠した。それを相棒が見てて、押収したんだ」

「冗談じゃありませんぜ。どこに武器《ドウグ》があるってんですっ」

水野が息巻き、足許の病葉《わくらば》を蹴った。見城は腰の後ろから、サイレンサーを装着させたハードボーラーを抜き出した。

「ここにあるよ」

「ええっ」

「この自動拳銃《オートマチック》は、そっちの物だなっ」

「そいつは言いがかりだ。おれは拳銃《チャカ》なんか持ってなかった。何かの間違いでしょ?」

「とぼける気か」

「あっ、そういうことですかい。わかりましたよ、旦那方の狙いは。いいでしょう。小遣い差し上げましょう。上着の内ポケットの札入れに、百二、三十万入ってまさあ。そっくり差し上げます」

「ずいぶん気前がいいじゃねえか。せっかくだから、貰っとくぜ」

百面鬼が水野の懐を探《さぐ》って、分厚く膨らんだ茶色の札入れを摑み出した。万札の束を抜き出し、革の財布を植え込みの中に投げ捨てる。

「もうゲームは終わりにしましょうや。旦那、早く手錠《ワッパ》を外してくださいよ」

水野が百面鬼に言った。

百面鬼は横を向き、二つ折りにした紙束を無造作にヒップポケットに突っ込んだ。

「百二、三十じゃ、不足だってんですかい。旦那方も悪党《ワル》ですねえ。やくざ者から小遣い巻き揚げるんですから。わかりました、一緒に組事務所まで来てくださいよ。あと七、八十万渡します。その代わり、うちの若い者《もん》の白黒ショーの揉《も》み消しをお願いします」

「おれは刑事課の人間だからなあ。生活安全課にゃ、ツーカーの仲の奴がいねえんだよ」

「旦那、そりゃないでしょ！」

水野が百面鬼に喰《く》ってかかった。悪党刑事はにやついて、葉煙草《シガリロ》をくわえた。

「ぼちぼち本題に入るか」

見城は水野の顔を見据《みす》えた。

「本題って？」

「そっちは、このサイレンサーとハードボーラーを誠仁会の三人組に渡したなっ。角刈り、口髭、目細《めぼそ》のトリオだ」

「なんの話か、さっぱりわからねえな」

「おれが誰だか、もう見当はついてるはずだ」

「誰なんだよ、あんたは？」

水野が問いかけてきた。

見城は左目を眇《すが》め、消音器の先端を水野の狭い額に押し当てた。片目だけ細めるのは、相手を侮蔑《ぶべつ》するときの癖だった。水野が目を剝き、後ずさりした。

「なんの真似なんでえ」

「いくつだ？」

「四十三だよ。それが何だってんだっ」

「おれの質問に正直に答えなきゃ、四十四回目の誕生日は迎えられないぞ」

「てめえ、撃《ハジ》くつもりなのか!?」

「そっちが粘った場合は、そういうことになるな」

「くそっ」

「くそは、てめえだ！　この拳銃を誠仁会の角刈りに貸したなっ」

「誰のことを言ってんだか、おれにゃわからねえよ」

「とぼけても、時間の無駄だよ」

「そう言われても、知らねえことにゃ答えられねえじゃねえか」

「それじゃ、答えられるようにしてやろう。口を大きく開けろ！」

「えっ⁉」

「早く口を開けるんだっ」

「わ、わかったよ」

水野が少しずつ口を開きはじめた。分厚い唇がわなわなと震えている。

見城は消音装置の先を水野の口中に捩込《ねじこ》み、引き金《トリガー》の遊びをぎりぎりまで絞った。水野の眼球が恐怖で大きく盛り上がった。

前歯がサイレンサーに当たり、かちかちと鳴っている。顔面も引《ひ》き攣《つ》ったままだ。

「腕か肩に一発ぶっ放してやれよ。そのほうが早く片がつくぜ」

百面鬼がけしかけた。

そのとたん、水野の全身が小刻みに痙攣《けいれん》しはじめた。一分も経《た》たないうちに、股間から湯気が立ち昇りはじめた。恐怖のあまり、失禁してしまったのだ。

水野がくぐもり声をあげながら、放尿しつづけた。仕立てのよさそうな濃いグレイのスラックスは、たちまち小便に塗《まみ》れた。ソックスや靴まで濡れた。

「喋る気になったか？」

見城は訊いた。

水野が二度うなずいた。見城はサイレンサーを引き抜いた。水野が肺に溜《た》めていた息を吐いた。消音器は唾液塗《だえきまみ》れだった。見城は水野の上着の裾でサイレンサーを神経質に拭《ぬぐ》った。

「確かに、そのハードボーラーはおれの物だよ。誠仁会の小野塚《おのづか》に貸してやったんだ」

「小野塚ってのは角刈りの奴だな？」

「そう、そうだよ。小野塚は関西の極道と喧嘩《ゴタ》を起こしたとかで、ヒットマンに狙われるかもしれねえって不安がってたんだ」

水野が言った。

「また、おれを怒らせたいらしいな」

「おれ、ほんとの話をしてるんだ。嘘じゃねえよ」

「世話を焼かせやがる」

見城は百面鬼に目配せした。

百面鬼が水野の首にアームロックをかけ、葉煙草《シガリロ》の火を頬骨のあたりに押しつけた。

水野が獣じみた声をあげた。火の粉が散り、肉の焦げる臭《にお》いが漂う。百面鬼は葉煙草《シガリロ》を深く喫《す》いつけ、

葉煙草《シガリロ》は折れ曲がったが、まだ燃えくすぶっていた。

ふたたび水野に押しつけた。今度は眉間《みけん》だった。

「や、やめてくれーっ」

ついに水野が音《ね》を上げた。

百面鬼が水野から離れ、葉煙草《シガリロ》の火を完全に踏み消した。

「小野塚たちに国分利香を拉致させたなっ」

見城はサイレンサーを水野の心臓部に押しつけた。

「ああ」

「利香に睡眠導入剤と向精神薬を服《の》ませたのは誰なんだ？」

「おれんとこの若い者《もん》だ。ぐったりした女を革紐で縛り上げたのは、このおれだよ。昔、うちの組でＳＭクラブをやってたことがあるんだ。そのとき、本物《モノホン》のサディスト女に亀《き》甲《こう》縛りを教わったのさ。おれは当時、店の管理を任されてたんだよ」

「かっぱらった大型保冷車の中に利香を閉じ込めたのは、いったい誰なんだっ」

「おれの舎弟だよ」

「利香の始末を誰に頼まれた？」

「それは……」

水野が口ごもった。見城は引き金に指を深く絡《から》めた。

「念仏を唱《とな》えろ」

「撃つな、撃たねえでくれーっ」

「殺しの依頼人は誰なんだ！」

「知り合いだよ」

「それじゃ、返事になってない。ここで死ぬ覚悟ができたらしいな」

「彦坂って男だよ。六年前まで熱川会に足《ゲソ》つけてた奴で、ビジネスコンサルタントをやってたんだ。けど、つい先日、彦坂は三人組に金属バットでメッタ打ちにされて、死んじまった」

「おめえが彦坂を殺《や》らせたんじゃねえのか？」

百面鬼が口を挟んだ。

「おれが彦坂を殺《や》らせたって!?　冗談じゃねえ。おれと彦坂は仲がよかったんだ。なんで、あの男を殺《や》らせなきゃいけねえんだよ」

「利香の殺しの報酬は、もう貰ってやがるのか？」

「まだ貰ってねえよ、二千万で仕事を引き受けたんだがな。銭を受け取らねえうちに、彦坂は誰かに殺されちまった。こんなことになるんだったら、利香って女を始末させるんじゃなかったぜ」

「おめえ、殺しの報酬のことで彦坂と揉めたんじゃねえのか？　そうなんだろっ」

「旦那、めちゃくちゃ言わねえでくれよ。おれは彦坂の事件《ヤマ》にゃ、絶対にタッチしてねえ」

水野が叫ぶように言った。

百面鬼が何か言おうとした。見城は手で制し、水野に声をかけた。

「彦坂は、なぜ国分利香を葬《ほうむ》りたがったんだ？　奴は、その理由を言っただろうが」

「国分利香って女は、彦坂が世話になった人を何かで脅迫してたらしいんだよ。詳しいことは教えてくれなかったがな」

「本当だなっ」

「ああ」

「もう一つ、訊いておこう。おまえは、誠仁会の小野塚たち三人におれまで殺させようとしたな。それは、おれが利香から何か預かってると踏んだからじゃないのかっ」

「ちょっと待ってくれ。おれは、あんたを始末しろなんて小野塚に頼んだことはないぜ」

「また、とぼける気かい？」

「そうじゃねえよ。ほんとに、ほんとなんだ。そうか、わかったぞ。小野塚は、このおれに罪をおっ被せようとしやがったんだ」

「どういうことなんだ？」

「利香殺しのことで何か嗅《か》ぎ回る奴がいたら、少し脅してやれとは小野塚に確かに言ったよ。けどな、女が誰かに何か預けてるかもしれねえなんてことは、ひと言も言っちゃいねえ。野郎は誰かに抱き込まれたにちがいねえよ。それで、このおれに罪をなすりつけやがったんだ。あの野郎、ふざけやがって」

水野が歯噛みした。

「誰か心当たりは？」

「思い当たる奴はいねえよ。けど、小野塚たちが彦坂を殺《や》ったのかもしれねえな」

「そのへんのことはおれが調べる」

見城は水野に言い、百面鬼に目配せした。

百面鬼が水野に歩み寄り、手錠を外した。水野の表情が明るんだ。

「すぐに帰れると思ったようだが、そうはいかない」

見城は冷ややかに言った。

「知ってることは何もかも話したじゃねえか」

「まだ国分利香の仇討ちが残ってる。おれは利香と親しかったんだよ。地べたに、大の字に寝ろ！」

「お、おれをどうするつもりなんだ!?」

「じきに、わかるさ。頭をミンチにされたくなかったら、早く仰向けに寝るんだなっ」

「わ、わかったよ」

水野が地面に身を横たえた。大の字だった。

見城は両腕と両脚に九ミリ弾を撃ち込んだ。連射だった。一発も的《まと》は外さなかった。

硝煙が薄く漂い、濃い血の臭いが夜気《やき》に混じった。水野が死にかけの小動物のように転げ回りはじめた。見城はハンカチで自分の指紋や掌紋を拭い取り、サイレンサー付きの自動拳銃を社殿の床下に投げ込んだ。

「水野の話が事実だとしたら、見城ちゃんは誠仁会のチンピラどもに嵌《は》められたことになるな」

「小野塚たち三人は、群馬県下の外科クリニックに入院してるんだろう。その医院を突きとめて、奴らをもう一度締め上げてやる」

「おそらく三人の背後には、『山藤』の矢内がいるんだろう。見城ちゃん、矢内のひとり娘を引っさらっちまおうや」

「その前に、小野塚たちを痛めつけたいんだ。そうじゃなきゃ、腹の虫が収まらないからな」

「好きにしろや」

二人は鬼王神社を出た。

4

頭が重い。

二日酔いだった。昨夜、見城は鬼王神社を出てから、百面鬼と花道通りにある上海《シャンハイ》クラブで二時間ほど飲んだ。その後、南青山の行きつけのジャズバーに回った。

すると、思いがけない人物がいた。毎朝日報の唐津だった。

唐津はきまり悪げに笑い、黙って見城にビールを注いだ。見城は一気にグラスを空け、すぐに返杯《へんぱい》した。それで、気まずさは消えた。

見城、唐津、百面鬼の三人は昔話を肴《さかな》にして、大いに盛り上がった。唐津が引き揚げると、松丸が店に入ってきた。それで、またグラスを重ねることになったのである。

見城は欠伸《あくび》をしながら、ドアポストから朝刊を抜き取った。

午前十一時を回っている。めざめたのは数分前だった。

鬼王神社の境内に置き去りにしてきた新堀組の水野は、どうなったのか。出血多量で失血死してしまったのだろうか。それなら、それでもかまわない。

見城はそう思いながら、玄関ホールで社会面を拡《ひろ》げた。

水野に関する記事は載《の》っていなかった。前夜、鬼王神社を出たのは九時四十分ごろだった。事件が発覚していれば、当然、朝刊で報じられるはずだ。

水野は携帯電話で、組の者に救いを求めたのかもしれない。新堀組の事務所は、新宿コマ劇場（現・新宿東宝ビル）の裏手にある。組員たちの手によって、水野はどこかの病院に運び込まれ、闇の弾丸摘出手術を受けたにちがいない。

大久保と百人町には、主に闇診療で荒稼ぎしている外科医院がある。本来、医師は刀《かたな》傷《きず》や銃創《じゅうそう》のある外来患者が訪れた場合、その事実を警察に届けなければならない。

だが、義務を果たしても何も得るものはない。それどころか、かえってデメリットになる。

多くの外科医は、事件に関わりのある怪我人が担《かつ》ぎ込まれると、体《てい》よく断ってしまう。

しかし、中には喜んで受け入れる医者もいる。闇手術や闇治療は金になるからだ。

広域暴力団は、たいてい強欲な外科医と深い繋がりを持っている。拝金主義者が目立つ昨今は、たいがいのことは金銭で片がつく。

嘆かわしい世の中になってしまったものだ。真っ当な生き方をしていることがばからしく思える時代は、ある意味で哀《かな》しい。現代人の精神の荒廃は、もはや救いようがないのではないか。

強請屋が偉そうなことは言えない。見城は自分を窘《たしな》め、居間に戻った。

新聞をコーヒーテーブルの上に置き、テレビのスイッチを入れる。チャンネルを次々に変えてみたが、ニュースを流している局はなかった。

見城はテレビの電源を切り、ドリップでコーヒーを淹《い》れた。ブラックコーヒーを飲みながら、ラスクを齧《かじ》る。それだけでは腹は満たされなかった。

見城は冷蔵庫のドアを開け、立ったままチーズや生ハムを頬張った。しなびかけているフルーツトマトも食べた。どれも里沙が買い込んでくれた食料の残りものだった。

見城は長椅子に腰かけ、ロングピースをゆったりと喫《す》った。洗面所に向かいかけると、スチールデスクの上の固定電話が着信音を発しはじめた。

受話器を取ると、中年女性が話しかけてきた。

「『東京リサーチ・サービス』さんですね？」

「ええ、そうです」

「娘の素行調査をお願いしたいんです。うちの娘は高一《こ》なんですけど、ブランド物の服やバッグを自分の部屋のクローゼットの奥に隠し持ってたんです。援助交際で汚いお金を得てるんだと思います。その相手の男性を突きとめていただきたいの。調査費用に糸目はつけません」

「こっちを雇うまでもないでしょ？　ご自分で問い質《ただ》したら、どうです？」

「そんなことは絶対にできません。わたしがうるさく詮索《せんさく》したら、娘は家出しちゃうわ」

「それなら、それでもいいじゃないですか」

見城は言った。

「まあ、無責任な！　娘に家出なんかされたら、世間体が悪いわ。主人は東証一部上場企業の部長なんですよ」

「世間体に振り回される人生なんて、虚《むな》しくありませんか？　たった一度の人生なんだから、誰も生きたいように生きればいいんですよ」

「あなた、なんだか態度が大きいわね」

相手が小さく舌打ちした。

「そうですか?」

「物言《ものい》いが生意気だわ。第一、客に対して失礼よ。あなた、ただの調査員なんでしょっ」

「まあね。しかし、こっちにも客を選ぶ権利はあるんだ。あんたの調査依頼は断る!」

見城は一方的に言い放ち、受話器をフックに叩きつけた。少し大人げない気もしたが、相手の言葉は妙に神経を逆撫《さかな》でした。

おかしな母親が多くなっているのだろう。若い子たちも生きにくいにちがいない。

見城は苦く笑った。

ほとんど同時に、ふたたび電話が鳴った。さきほどの女かもしれない。見城は無言で受話器を耳に当てた。

「あれっ、かけ間違えちゃったかな?」

松丸の呟き声がした。

「おれだよ、松ちゃん」

「やっぱり、間違ってなかったんすね。まだ寝てたんすか?」

「いや、起きてたよ。少し前に、不愉快な依頼電話があったんだ。それで、応答しなかったんだよ。悪かったな」

「どうってことないっすよ。それより、明け方、『山藤』の本社と成城の矢内社長宅に例の物を仕掛けておきました」

「早速やってくれたか。そいつはありがたい」

「レコーダーのある場所を教えておくっすね。会社のほうはアプローチのつつじの植え込みの中っす。自宅のほうは、ガレージの小屋根の内側に隠しておきました」

「わかった」

「女社長を子分に殺《や》らせた新堀組の水野って奴、死ななかったみたいっすね」

「そうだな」

見城は昨晩、『沙羅』で松丸に鬼王神社での一件を話してあった。

「出血多量でくたばればよかったんすよ。自分の手を直《じか》に汚そうとしない奴は、おれ、なんか赦《ゆる》せないんす」

「おれも同感だよ。松ちゃん、ありがとな」

見城はフックを押し、一〇四で誠仁物産の代表電話番号を教えてもらった。企業名を使っているが、そこは誠仁会の本部事務所だった。プッシュボタンを押す。

ややあって、電話が繋がった。

「はい、誠仁物産！」

若い男が突っかかるように告げた。暴力団員特有の応答である。

「小野塚に替わってくれねえか。携帯の電源が入ってなかったんで、そっちにいると思ったんだよ」

「失礼ですが、おたくさんは?」

「渋谷の俠和会《きょうわかい》の中村だ。小野塚とは兄弟分さ」

見城は筋者を装った。

「どうも失礼しました。小野塚の兄貴は、ここにはいないんですよ」

「それじゃ、家《ヤサ》のほうに電話してみらあ」

「実は小野塚の兄貴は、群馬県の外科医院に入院してるんです」

「入院してるって!?」

「ええ」

「どこと喧嘩《ゴタ》があったんでえ? 関西のどこかの組と揉めたのかな?」

「そうじゃないんです。安中の廃工場で誰かに締められて、市内の外科医院に入院してるんですよ。アキレス腱をナイフで切断されて、日吉《ひよし》や笹尾《ささお》の兄貴と一緒にね」

「口髭を生やしてるのが日吉だったっけ?」

「いいえ、それは笹尾の兄貴のほうです」

「そうか、そうだったな。日吉ってのは、目が細い奴だったよな」

「ええ、そうです」

相手は少しも怪しまなかった。

「兄弟分が入院したんじゃ、黙っちゃいられねえな。なんて病院なんだい？　近々、見舞いに行ってみるよ」

「そうですか。えーと、安中外科クリニックです」

「住所は？」

「正確な番地はわかんないんですよ。でも、行けば、すぐにわかると思います。消防署の斜め裏ですから」

「そっちは見舞いに行ったのか？」

「ええ、きのう。小野塚の兄貴はちょっと辛《つら》そうでしたけど、日吉さんと笹尾さんは割に元気でしたよ」

「そうかい」

「兄貴たち三人は、四階の特別室にいます。病室は、それぞれ別ですけどね」

「小野塚に何か伝えることはあるか？」

「見舞いに行かれるんでしたら、きのうの夕方、変な男が本部事務所の様子をうかがってたということを兄貴に伝えてください。おれ自身は、そいつを見たわけじゃないんですけどね」

「変な男だって？」

見城は訊き返した。

「ええ。電話番してた奴が怪しんで、その男に何か用かって訊いたら、おかしな日本語を喋ったって言うんですよ。どう見ても日本人の面《つら》してるのに、西洋人みたいな話し方をして、肩を大きく竦《すく》めたらしいんです」

「日系アメリカ人なんじゃねえのか。いや、アメリカ人とは限らねえな。日系ブラジル人なんかも大勢、日本に出稼ぎに来てるからな」

見城は言った。

「そうですね。でも、ちょっと気になる奴です」

「そいつ、失業して、やくざにでもなる気になったんじゃねえか。関西の組織で、タイ人やフィリピン人の面倒見てるとこもあるからな」

「そうなんですかね。でも、この不景気じゃ、外国人を組員に抱えてもいいって組はないでしょ？」

「ああ、多分な。一応、小野塚にそいつのことを話しとくよ」

「お願いします。それじゃ、失礼します」

相手が電話を切った。

うまく引っかかってくれた。見城は受話器をフックに返し、洗面所に急いだ。歯を磨き、髭を剃って、出かける用意をする。

見城はＢＭＷに乗り、環七通り経由で練馬をめざした。里沙から電話がかかってきたのは、大泉の少し手前を走っているときだった。

「例の名簿、少しは役に立った？」

「ああ、だいぶね。おかげで、国分利香を始末した実行犯はわかったよ」

「何者だったの？」

「金で雇われた暴力団の組員たちさ。しかし、そいつらを操《あやつ》ってた人物がまだはっきりしないんだ」

「それじゃ、まだ調査中なのね」

「そうだが、どうした？」

見城は問いかけた。

「実はきょう、仕事はオフなの。それで見城さんに何か手料理をと思って、少し材料を買い込んだの。でも、いいの。気にしないで」

「夕方過ぎなら、里沙のマンションに行けると思うよ。これから、ちょっと群馬県まで行くんだ」

「そうなの。それじゃ、遅くなっても部屋に来て」

「ああ。ワインでも持っていこうか？」

「ううん、手ぶらで来て。あなたと差し向かいで夕食をするだけで充分よ」

「おれは、それだけじゃ物足りないね。食欲が満たされたら、次は……」

「わかってます。それじゃ、待ってるわ」

里沙が含み笑いをして、静かに通話を打ち切った。

見城は運転に専念した。関越自動車道に乗り入れ、ＢＭＷを高速で走らせた。

高崎ＩＣまでは、およそ九十キロだ。渋滞していなければ、一時間と少ししかかからないだろう。東松山ＩＣまでは空いていた。しかし、その先の流れが悪くなった。花園《はなぞの》ＩＣの手前で、多重衝突事故が発生したせいだ。花園ＩＣを通過するまでに、小《こ》一時間も要した。

高崎ＩＣを降りたのは午後二時半近かった。

軽井沢方面に向かう。国道一八号線に出たとき、ふと後続の黒いカローラが気になった。高崎ＩＣから、ずっと追尾《ついび》してくる。

見城は、わざと減速した。

ミラーを覗く。カローラを運転しているのは三十代後半の男だった。鷹《たか》のような鋭角的な風貌《ふうぼう》で、陰気な印象を与える。

ナンバープレートには、〝わ〟の文字が見えた。レンタカーだ。

尾行されているとしたら、東京からだろう。

新堀組の水野が昨夜の仕返しをする気になったのか。しかし、組員には見えない。それでいて、どこか凄《すご》みを漂わせている。プロの殺し屋なのか。そうだとしたら、刺客を放ったのは誰なのだろうか。

水野か。それとも、まだ顔の見えてこない敵なのだろうか。

尾行者かどうか確かめてみることにした。

見城はＢＭＷを路肩《ろかた》に寄せ、携帯電話を耳に当てた。電話をかける振りをする。

カローラは見城の車を追い越し、そのまま遠ざかっていった。少し先で、ＢＭＷを待つ気なのかもしれない。

見城は車を発進させた。

前方のガードレールを見ながら、低速で走る。しかし、どこにもカローラは停まっていない。

尾行されているわけではなかったようだ。

見城は加速した。一八号線をしばらく走ると、安中市に入った。

安中駅の近くの商店で、消防署のある場所を教えてもらった。それほど遠くはなかった。数百メートル先に、目標の消防署があった。消防署の先を左折し、裏通りをゆっくりと走った。

いくらも行かないうちに、安中外科クリニックの建物が見えてきた。四階建てで、外壁は肌色だった。築十数年は経《た》っていそうだ。

表玄関の右手に、外来用の駐車場がある。

見城はそこにBMWを置き、エレベーターで四階に上がった。ホールの近くに、ナースステーションがあった。反対側には談話室があり、大型テレビが置かれている。車椅子に乗った若い男が、所在なげに画面を眺めていた。

ナースステーションの窓口には、面会人名簿が置いてあった。見城は適当な氏名を記《しる》し、廊下を進んだ。

左手前の二室が六人部屋で、奥の三室が特別室になっていた。むろん、個室だ。手前から日吉、笹尾、小野塚の名札が並んでいる。

見城は一番手前の特別室のドアに耳を押し当てた。

静まり返っている。寝息も洩れてこない。その隣室も、人のいる気配は伝わってこなかった。怪我の軽い日吉と笹尾は、兄貴分の小野塚の病室で雑談をしているのか。

見城は最も端の特別室に忍び寄り、象牙色《ぞうげいろ》のドアに耳を近づけた。人の話し声は聞こえない。ドアの隙間《すきま》から、火薬の臭《にお》いがかすかに洩れてくる。

見城はノブを回し、ドアを手繰《たぐ》った。

ベッドは血糊《ちのり》で汚れていた。仰向けに横たわったパジャマ姿の小野塚は、前頭部を撃ち砕かれていた。まるで熟《う》れた柘榴《ざくろ》だ。

海鼠《なまこ》のような塊が鼻の上に、だらりと垂れ下がっている。脳味噌《のうみそ》だろう。

枕《まくら》の両脇やベッドのパイプには、粘っこい血が飛び散っている。骨の欠片《かけら》や頭髪が、壁にへばりついていた。

ベッドの下には、口髭の男と目の細い男が折り重なっている。笹尾と日吉だ。

二人とも頭部を撃ち抜《ぬ》かれていた。二つの死体の下は血の海だった。鮮血は、まだ凝固していない。

三人が少し前に消音器付きの拳銃で射殺されたことは明白だ。見城は屈《かが》み込んで、床を見渡した。

空薬莢《からやっきょう》は一つも落ちていなかった。おそらく犯人が回収したのだろう。殺された三人が抵抗した形跡は見られない。場数《ばかず》を踏んだ殺し屋《プロ》の仕業《しわざ》だろう。

見城は上着のポケットからハンカチを取り出し、ドアノブをきれいに拭った。部屋をそっと出て、特別室のドアを閉ざす。

幸いにも、誰にも見咎《みとが》められなかった。

見城は前髪で額を隠し、うつむき加減でエレベーター乗り場まで大股で歩いた。少し待っただけで、函《ケージ》に乗り込めた。エレベーターは途中の階で停まらなかった。

病院の玄関を出ると、車道の向こう側に見覚えのある車が見えた。黒いカローラだった。

鷹のような面相《めんそう》の男は見城の姿に気づくと、車を急発進させた。

男が三人を射殺したにちがいない。見城は確信を深め、クリニックの駐車場に駆け込んだ。

どこまでもカローラを追うつもりだった。しかし、BMWのタイヤの空気が抜かれていた。

「くそったれ！」

見城は萎《しぼ》んだ後輪を力まかせに蹴った。

第四章　謎だらけの偽装工作

1

　再生ボタンを押す。

　マイクロテープが回りはじめた。国会議員の殿村航平の公設第一秘書と見城の会話が流れた。見城は受話器を机上に置き、煙草をくわえた。電話をかけた先は、『山藤』の本社だった。

　社長の矢内は受話器を握って、いったいどんな顔をしているのか。おそらく狼狽《ろうばい》していることだろう。

　安中市の外科医院の特別室で小野塚たち三人が射殺されたのは、きのうの午後だった。射殺犯と思われる鷹《たか》のような顔立ちの男は、高崎ＩＣの近くで待ち受けていた。見城は危うく撃たれそうになった。

幸運にも消音器付きの自動拳銃《けんじゅう》から放たれた九ミリ弾は、BMWのバンパーを掠《かす》めただけだった。カローラに乗っていた男は、すぐに逃げ去った。

そのとき、見城はカローラのナンバーを頭に刻みつけておいた。ナンバーから、レンタカー会社がわかった。黒いカローラを借りたのは『山藤』の社員だった。

その事実が矢内に対する疑惑を深めた。

見城は、すぐにも矢内に迫りたい気持ちだった。しかし、里沙との約束を破るわけにはいかない。東京に戻った見城は、約束通りに里沙のマンションを訪れた。

心尽くしの手料理は、どれもうまかった。夕食を摂《と》ると、二人はごく自然に肌を重ねた。見城は明け方に里沙のマンションを出て、自分の塒《ねぐら》に戻った。そのままベッドに潜《もぐ》り込み、正午過ぎまで眠った。

見城は、きょうこそ矢内に迫るつもりだ。最初は娘の梢を人質に取って、父親を誘《おび》き出す気でいた。

しかし、なんの罪もない梢を巻き添えにすることには少し抵抗があった。それで、まず録音音声で矢内を揺さぶってみることにしたのだ。

音声が熄《や》んだ。見城は停止ボタンを押し込み、受話器を耳に当てた。

「うちの社員に成りすまして殿村先生の事務所に妙な電話をしたのは、きさまなんだなっ」

　矢内が怒声を張り上げた。

「ああ、そうだ。殿村の第一秘書は、おれが偽社員とも知らずに危《ヤバ》い話を無防備に喋《しゃべ》ってくれた。そのおかげで、おれは『山藤』が破格の裏金利で大物政治家、広域暴力団、芸能人、プロ野球のスター選手などから運転資金を調達してる事実を摑《つか》むことができたわけさ」

「秘書の話には、何も根拠がない。ただの寝言だよ」

「そうなのかな。おれは、政治家どもの裏契約書の写しまで手に入れてるんだ」

　見城は、はったり《ブラフ》を嚙《か》ませた。

「いい加減なことを言うな。そんな裏契約書なんか存在しない」

「なんなら、これから殿村代議士とあんたが交わした裏契約書をファクスで送ってやってやろうか」

「…………」

「どうした？　何とか言えよ」

「きさま、このわたしを脅してるつもりなのかっ。わたしをあまりなめんほうがいいぞ。

その気になれば、警察だって、荒っぽい連中だって、電話一本で動かせるんだ」

矢内が凄《すご》んだ。

「闇《やみ》金融の帝王らしい凄み方だな」

「おい、口を慎《つつし》め！　わたしは疚《やま》しいビジネスなんか一度だってしてないっ。金のことで苦労してる連中に、再生のチャンスを与えてやってるんだ」

「きれいごとを言いやがる。あんたは、ただの強欲な高利貸しだろうが！」

「な、なんだとっ」

「裏契約の写しを新聞社に送りつけたら、あんただけじゃなく、陰の協力者たちにも世間の風当たりは強くなるだろうな。暴力団の親分どもはともかく、政治家、芸能人、プロ野球選手なんかは大きなイメージダウンになる」

「きさまの狙《ねら》いは何なんだ？　裏契約なんかした覚えはないが、妙な物が出回ってるとしたら、企業イメージに傷がつく。場合によっては、裏契約書の写しとやらを買い取ってやってもいい。それから、さっきの録音音声データもな」

「あいにくだが、どっちも売る気はない」

「それじゃ、いったい何のために？」

「おれは、国分利香と彦坂憲和の事件に興味を持ってるんだよ。なぜ、二人は殺されることになったのか。あんたなら、何か知ってるんじゃないかと睨《にら》んだのさ」

見城は言った。

「その二人は知ってたが、特に親しくしてたわけじゃない」

「そうかな。彦坂が使ってた事務所の家賃は、あんたの会社が払ってた。それから国分利香には、モニターの謝礼として千八百万も振り込んでる」

「そんな事実はないっ」

「矢内さん、そこまで言い切っちゃってもいいのか？　おれは、国分利香のモニター契約書と彼女の銀行預金通帳を見てるんだ。それだけじゃない。きのう、群馬の外科医院で何者かに射殺された誠仁会の日吉って組員が死んだ国分利香のオフィスに灯油を撒《ま》いて、火を放ったことも知ってるんだよ。日吉と一緒に撃ち殺された小野塚や笹尾も、あんた、知ってるんだろう？」

「そんな連中は知らん。会ったこともないっ」

「ま、いいさ。ところで、彦坂の事務所を慌《あわ》てて引き払ったのはなぜなんだ？　警察に彦坂との繋がりを知られたくなかったからなのか。それとも、あんたは彦坂に何か危《ヤバ》い秘密を知られてたのか？」

「臆測《おくそく》で物を言うなっ」

矢内が喚《わめ》いた。

「どうやら図星だったらしいな」

「きさまと無駄話をしてる時間はない。電話、切るぞ」

「待てよ。どこかで二人でゆっくり会おうじゃないか。今夜、時間を作ってくれ」

見城は言った。

矢内は一拍置いてから、無言で電話を切った。かなり焦《あせ》っているにちがいない。娘の梢を引っさらうか。

見城は受話器を置き、左手首のコルムに目をやった。午後一時半を回っていた。

ほどなく見城は部屋を出た。ＢＭＷで、成城五丁目に向かう。三十分弱で、成城に着いた。

矢内の自宅は、邸宅街の中心地にあった。ひときわ目立つ豪壮な邸《やしき》だった。

敷地は五百坪近い。庭木の向こうに、英国風の大きな家屋が見える。焦茶《こげちゃ》と白のコントラストが鮮やかだ。

見城は矢内邸を通り越し、七、八十メートル先の路上に車を停めた。静かに路上に降り立ち、矢内の自宅まで引き返す。

高級住宅街は、ひっそりと静まり返っている。人の姿は見当たらない。

見城は矢内邸のガレージに近づいた。オートシャッターは下《お》ろされている。松丸がガレージの小屋根の内側に、自動録音装置付きの受信機を隠してくれたはずだ。

見城は頭上を仰《あお》いだ。手《て》で探《さぐ》ると、それは造作なく見つかった。

レコーダー付きの受信機を懐に隠し、自然な足取りでＢＭＷに戻る。見城は車内に入ると、さっそくテープを巻き戻した。

テープの前半には、矢内の妻子の通話が録音されていた。その後に、御園《みその》と名乗る中年男が矢内に電話をかけている。通話は短かった。

――社長、例の件はご心配なく。わたしに任せてください。

――よろしく頼むよ。

――わかりました。詳しいご報告は、お目にかかったときにいたします。

――そうしてくれないか。それじゃ、お寝《やす》み！

二人の遣《や》り取《と》りは、それだけだった。

御園と名乗った男は丁寧《ていねい》な口をきいていたが、声にある種の凄みが感じられた。裏社会の人間かもしれない。

見城は、最後まで録音音声を聴いてみた。しかし、矢内の声はもう吹き込まれていなかった。停止ボタンを押したとき、携帯電話に着信があった。発信者は百面鬼だった。

「その後、何か進展は？」

「少し前に、矢内に揺さぶりをかけてみたんだ」

見城は詳しい経過を語った。昨夜、百面鬼には安中市での出来事を電話で伝えてあった。

「矢内が御園って野郎と電話で話してたって!?」

「ああ。百《どう》さん、何か思い当たることでも？」

「関東義友会新堀組の組長が御園健次《けんじ》ってんだよ。御園って姓は、ちょっと珍しいよな。ひょっとしたら、矢内に電話をかけたのは新堀組の組長かもしれねえぞ」

「考えられるね。新堀組の若頭の水野は、誠仁会の小野塚たち三人を動かしてたからな」

「そうだったな。けど、水野は鬼王神社で、彦坂殺しには関与してねえって言ってたじゃねえか」

「そうだね。水野は、しらばっくれたんだろうか」

「おれたち二人が、あれだけ痛めつけたんだ。水野が苦し紛《まぎ》れに嘘《うそ》をついたとは思えねえな。奴は彦坂に頼まれて、誠仁会の三人を動かしただけだったんだろう。彦坂の事件《ヤマ》にゃ噛んでないんじゃねえか」

「しかし、録音音声の御園が新堀組の組長だとしたら、矢内、御園、水野の三人は一本の線で繋がってそうだ」

「確かに水野は新堀組の若頭だから、そういうことになるか。けど、組長と若頭が常に足並を揃《そろ》えてるとは限らねえぜ」

「確かにね。組長を蹴落《けお》としたがってる若頭もいるだろうし、逆に若頭を追放したいと思ってる組長もいるかもしれないね」

「ああ。昔のやくざ映画みてえに、親分と子分が固く結ばれてるわけじゃねえからな。何かメリットがなきゃ、子分どもは組長にゃついていかねえ。組長にしても、利用価値のねえ組員は簡単に見捨てちまう。そんな関係なんだから、御園と水野が何かで反目し合ってたとも考えられるな」

「それで、御園が自分の組の若頭に彦坂殺しの罪をおっ被《かぶ》せようとした？」

「考えられるんじゃねえの、そういうこともさ」

「御園健次はどんな男なの？」

見城は訊《き》いた。

「インテリやくざだよ。有名私大の応援団長時代に先代の関東義友会の会長に目をかけられて、筋者の世界に入った男さ。四十三、四で、一見、若手の実業家ふうだな」

「そう」

「事実、御園は投資顧問会社を経営して、労務コンサルタント業もやってる。労務コンサルタントといっても、労働組合の幹部の弱みを嗅《か》ぎ回ったり、団交潰《つぶ》しをやってるんだと思うけどな」

「百《どう》さん、御園健次のことをもう少し調べてくれないか」

「わかった、引き受けた。そうそう、矢内がいま現在囲ってる愛人《レコ》がわかったぜ。『山藤』のＣＭに出演してる明石麗奈《あかしれいな》だよ」

「明石麗奈というと、ひところ巨乳女優として話題になった女だよね」

「そう。その麗奈がきのうの晩、西新宿の高層ホテルの一室で友人たちとドラッグ・パーティーをやってて検挙《アゲ》られたんだ。そのとき、おつむの弱い麗奈は『山藤』の顧問弁護士を呼んでくれって、生活安全課の刑事に喚《わめ》いたんだよ」

「それで、麗奈は矢内の愛人だってことがわかっちゃったわけか」

「そうなんだ」

「で、麗奈たちは新宿署ホテルに宿泊したんだね？」

「いや、全員、説諭《せつゆ》だけで釈放になったんだ。麗奈のドラッグ仲間の坊やが現職法務大臣の甥《おい》っ子だったんだよ。それだからさ」

「百《どう》さん、貯金箱が増えたじゃないか。小遣いに不自由したときは、法務大臣に会いに行くんだね」

「そうすらあ。それはそうと、どうせ人質を取るんだったら、矢内の娘の梢だけじゃなく、麗奈も押さえねえか。そうすりゃ、矢内はおとなしくこっちの命令に従うだろうよ」

「それは、いい考えだね。麗奈の家《ヤサ》はわかってるの？」

「ああ。こんなことになるかもしれねえと思って、一応、生活安全課の調書を抜いといたんだ。麗奈は目白の借家に囲われる。御園のことを調べてから、元巨乳女優を押さえらあ」

百面鬼が言った。

「それじゃ、おれはひとり娘の矢内梢を人質に取るよ。いま、成城の矢内邸の近くにいるんだ」

「梢は家にいるのか？」

「まだ確認してないんだが、仮に外出してても出先を突きとめるよ」

見城は通話を切り上げ、すぐに矢内の自宅に電話をかけた。

少し待つと、先方の受話器が外れた。電話口に出たのは中年女性だった。

「こちらは、聖和女子大の同窓会名簿の作成を請け負っている編集プロダクションですが、卒業生の梢さんはいらっしゃいますか？」

「ごめんなさい。梢は外出しておりますの」

「もしどこかの会社にお勤めになっているのでしたら、勤務先をお教えいただけないでしょうか。ご本人に、いくつか確認させていただきたいことがありますので」

「わたくし、梢の母でございます。娘は会社勤めをしているわけではありませんの。きょうは、乗馬のトレーニングのある日なんですよ」

「そうなんですか。ご帰宅の予定時間は？」

「夕方の六時ごろには戻ると思います」

「それでは、そのころにこちらからお電話を差し上げます。失礼しました」

見城は電話を切って、ほくそ笑んだ。

矢内梢は二子玉川の馬場にいるにちがいない。見城はBMWを発進させた。小田急線の線路を越え、喜多見《きたみ》方向に進む。

見城は乗馬クラブの少し手前で車を停めた。そこから、馬場まで歩く。

乗馬クラブの駐車場には、赤いアルファロメオが駐《と》めてあった。梢の車だろう。馬場には、栗毛《くりげ》馬に跨《また》がった二十代半《なか》ばの女性しかいない。矢内にはあまり似ていないが、梢と思われる。

　馬上の女性はきちんと乗馬服に身を固め、果敢に障害飛越《ひえつ》に挑んでいる。手綱捌《たづなさば》きはみごとだった。まさに人間と馬が一体と化していた。

　見城は歩きながら、白い柵《さく》越しに矢内梢らしき若い女の顔を改めて見た。細面《ほそおもて》で、造作も整っている。よく眺めると、帝都ホテルの『孔雀《くじゃく》の間《ま》』で見かけた矢内夫人に目鼻立ちが似ていた。矢内梢に間違いなさそうだ。

　不意にクラブハウスから、調教師の相原が姿を現わした。見城は慌《あわ》てて物陰に隠れた。

　相原は馬上の女と短く言葉を交わし、すぐにクラブハウスに引っ込んだ。

　見城はひと安心し、さりげなく赤いイタリア車に歩み寄った。ドアはロックされていた。

　見城は特殊な万能鍵《かぎ》を使って、ドア・ロックを解《と》いた。エンジンフードを浮かせ、バッテリーのコードを引き抜く。

　駐車場はクラブハウスの際《きわ》にある。馬場からは死角になっていた。

　見城はエンジンフードとドアを閉め、素早くアルファロメオから離れた。大きく迂回《うかい》して、自分の車に戻る。

張り込みの開始だ。ロングピースを三本ほど灰にしたとき、情事代行の客から電話がかかってきた。

柴美咲《しばみさき》という名で、証券アナリストだ。

「やあ、しばらくだな。あんまりお誘いがかからないんで、彼氏ができたのかと思ってたんだ」

「ちょっと仕事が忙しかっただけよ。わたしとセックスの相性《あいしょう》がいい男は、あなただけ。わかってるくせに、意地悪なんだから」

「冗談だよ」

「わかってるわ。ちょっと拗《す》ねてみたかっただけ。それはそうと、今夜はもう予定が入ってるの？」

「タイミングが悪いな。きょうは本業の調査で動きが取れないんだよ」

「そうなの。残念だわ。きょうは朝から、ずっと淫《みだ》らな気分だったんだけど」

「申し訳ない。これに懲《こ》りずに、また声をかけてくれないか。そのときは、たっぷり埋め合わせをさせてもらうよ」

見城は詫《わ》びて、先に電話を切った。

時間が流れ、夕闇が濃くなった。百面鬼から麗奈を人質に取ったという連絡が入ったのは、五時半ごろだった。

「百《どう》さん、御園に関する情報集めは？」

「やったよ。御園と矢内の繋がりは摑めなかったが、組長と若頭《カシラ》の水野はあんまり仲がよくねえみたいだぜ」

「とすると、御園が水野を陥《おとしい》れようとした可能性も……」

「あるな。というのは、殺された彦坂は水野と親しくしてた一方で、新堀組の御園組長とも二人っきりで組関係者の出入りしない小料理屋で会ってたらしいんだ」

「つまり、彦坂は組長と若頭の両方とうまくつき合ってたってことか」

「そういうことになるな。彦坂は、どっちかのスパイだったんじゃねえのか」

「考えられるね、そいつは。水野は、どこの病院に入院してるんだろう？」

「そいつは近々、探《さぐ》り出さあ。それより、そっちの首尾《しゅび》は？」

「もう細工はしてあるんだ。間もなく梢を押さえられると思うよ」

見城は言った。

「それじゃ、人質をこっちに連れて来いや」

「オーケー。麗奈の家は、目白のどのへんにあるのかな？」

「下落合だよ」

百面鬼が正確な所番地を口にし、通話を切り上げた。

見城はステアリングを握り直した。そのすぐ後、クラブハウスからマークした女が現われた。女は赤い外車に乗り込んだ。見城はBMWを滑らせはじめた。

アルファロメオのエンジンは、なかなか始動しない。女が焦《じ》れたらしく、エンジンフードを開けた。

見城は自分の車をアルファロメオのそばに停め、パワーウインドーを下げた。

「どうされました？」

「エンジンがかからないんです」

「検《しら》べてあげましょう。わたし、自動車整備士なんですよ」

「そうなんですか。厚かましいけど、お願いします」

矢内梢と思われる女が安堵《あんど》した表情で言い、深々と頭を下げた。

見城はBMWを降りた。アルファロメオのエンジンを覗《のぞ》き込む振りをし、いきなり女に当て身を見舞った。相手が短く呻《うめ》き、倒れかかってきた。

見城は女を軽々と肩に担《かつ》ぎ上げ、BMWの助手席に坐らせた。手早くシートベルトを掛け、人質の両手の親指を重ねて結束バンドできつく縛り上げた。

そうしておけば、両手の自由は利かない。見城は急いで運転席に入った。ドアを閉めたとき、女が意識を取り戻した。

「あっ！　な、何なんですか、これは？」

「矢内梢さんだね」

「え、ええ。あなたは誰なの!?」

「事情があって、名乗るわけにはいかないんだ」

見城はパワーウインドーを上げ、車を勢いよく走らせはじめた。

2

小玉西瓜《こだますいか》のような乳房が重たげだ。

明石麗奈はダブルベッドに浅く腰かけていた。全裸だった。

百面鬼はカーペットの上に坐り込み、麗奈の股《また》ぐらを覗き込んでいた。下落合の閑静な住宅街にある矢内の妾宅《しょうたく》だ。寝室は階下の奥にあった。十畳の洋室である。

見城は空咳《からぜき》をした。百面鬼が驚き、きまり悪そうに笑った。

麗奈が見城と梢を交互に見てから、百面鬼に顔を向けた。

「その二人は誰なの？」

「野郎は、おれの相棒さ。女のほうは、あんたのパトロンのひとり娘だよ」

「嘘でしょ⁉」

「疑うんなら、自分で直《じか》に訊いてみな」

百面鬼が言いながら、のっそりと立ち上がった。

麗奈が梢に声をかけた。

「あなた、お名前は？」

「矢内梢です」

「いやだ、ほんとにパパの娘さんだわ。どうしよう⁉」

「失礼ですけど、わたしの父とはどういったご関係なのでしょう？」

「そのへんのことは察してよ。まいったなあ」

「愛人の方なんですね？」

梢が真顔《まがお》で確かめた。麗奈が小さくうなずき、ばつ悪げに下を向いた。

「あんたたち二人にはなんの恨みもないが、運が悪かったと諦《あきら》めてくれ」

見城は人質に言い、梢をベッドの端に腰かけさせた。親指の縛《いまし》めを解いてやる。

「わたしの父が、あなた方お二人に何かしたのですか？」

「別にそうじゃないが、親父さんにいろいろ訊きたいことがあるんだ。つまり、あんたたちは人質ってことだな」

「こ、これは営利誘拐なんですか!?」

「いや、身代金目当ての犯行じゃない。それより、きみも服を脱いでくれ」

「えっ」

梢の顔が引《ひ》き攣《つ》った。

「素っ裸になってもらうが、あんたたちをレイプするわけじゃない。人質を逃げられないようにするだけだ」

「逃げません。絶対に逃げたりしませんよ。ですので、服を脱ぐことは……」

「脱いでもらう」

見城は冷然と言い、百面鬼に目で合図した。百面鬼が心得顔で、懐からニューナンブM60を取り出した。

「お嬢《じょう》、こいつはモデルガンじゃねえんだ」

「あなた方は何者なの?」

「おれをあんまり苛《いら》つかせると、撃っちまうぞ」

「そ、そんな!」

梢が竦《すく》み上がった。見かねたらしく、麗奈が百面鬼に言った。

「パパの娘さんを裸にさせるのはかわいそうよ。きっと逃げないわ、怯《おび》えてるもの」

「余計なことを言うと、先にあんたに銃弾を浴びせるぞ」

「やめてよ、そんなこと」

「死にたくなかったら、黙ってな」

百面鬼は麗奈に言い、梢に銃口を向けた。

梢が泣きはじめた。見城は後ろめたかったが、強引に梢の衣服を剝《は》いだ。

「ブラジャーとパンティーは自分で取れ！」

「あなたのこと、一生、恨むわ」

梢は涙声で言い、後ろ向きになった。ブラジャーとパンティーを取り除き、ベッドに斜めに腰かけた。色白で、肌理《きめ》も濃《こま》やかだ。

梢は片腕で乳房を隠し、もう一方の手で飾り毛を覆った。胸は薄かった。

「あんたのおっぱいをパパの娘に分けてやれや」

百面鬼が麗奈をからかった。

見城は、『山藤』の本社に電話をかけた。矢内梢の代理の者と称し、社長に替わってもらう。

「娘に何かあったんですか⁉」

矢内の取り乱した声が響いてきた。

「おれだよ」

「あっ、きさまは」

「いま、そっちの妾宅にお邪魔してる。素っ裸の明石麗奈さんの横には、同じく全裸の矢内梢さんがいる。二人は寝室のダブルベッドに腰かけてるよ、仲よくな」

「そんな手に引っかかるもんか」

「おれの話を信じてないようだな。いいだろう、娘の声を聴かせてやろう」

見城は携帯電話を梢の耳に近づけた。

「お父さん、救《たす》けて！　わたし、下落合の明石というお宅に監禁されてるの」

梢が一息に喋った。見城は携帯電話を自分の耳に戻した。

「どうだ？」

「きさまの話を信じよう。わたしにどうしろと言うんだっ」

「すぐに麗奈の家に来い。二十分そこそこで、こっちに来られるな？」

「もう少し時間をもらえないか。いま、大事な商談の途中なんだよ」

「三十分だけ待ってやろう。いま七時だから、七時半がリミットだな。一分でも遅れたら、二人の人質はどうなるかわからないぞ」

「七時半までには必ず行く」

「言うまでもないだろうが、妙なお供と一緒だったら、そっちの娘と愛人は始末するぞ」

「わかってる。ひとりで行くから、二人には指一本触《ふ》れるな！」

矢内が血を吐くような声で叫び、せっかちに電話を切った。見城は百面鬼に話しかけた。

「おそらく付録と一緒だろう。七時十五分になったら、庭に忍んでてくれないか」

「オーケー、任せとけって。ちょっと家の中をチェックしてくらあ」

百面鬼がそう言い、寝室から出ていった。やくざ刑事の足音が遠ざかると、梢が前を向いたまま麗奈に唐突に問いかけた。

「いつからなんですか？」

「え？」

「父と特別な間柄になったのは、いつからなの？」

「そういうことは知らないほうがいいんじゃないのかな。パパは家庭もちゃんと大事にしてるんだから、多少の息抜きぐらいは許してやってもいいでしょう？」

「知りたいんですっ」

「一年ぐらい前からね。『山藤』のCMに出演したことがきっかけで、パパと親しくなったのよ」

麗奈が言い辛《づら》そうに答えた。

「わたしと同世代なんでしょ？」

「こっちのほうが一つお姉さんだと思う」

「自分の娘と同じような年頃《としごろ》の女性を愛人にするなんて、父の気が知れないわ」

「パパを軽蔑《けいべつ》する？」

「父のことをそんなふうに呼ばないで！」

梢が眉根を寄せた。

見城は隅に置かれた真紅のラブチェアに腰かけ、人質たちの遣《や》り取《と》りに耳を傾けた。

「矢内さんは一代で『山藤』をあれだけの会社にしたんだから、仕事でいつもストレスを溜《た》めてたと思うの。どこかで息抜きしないと、激務に耐えられなかったんじゃない？」

「そうかもしれないけど……」

「あなたのお父さんね、あたしの前ではとてもリラックスしてるの。赤ちゃん返りして、まるで母親の乳首に吸いつくように、あたしのおっぱいを口に含んで、『おいちい、おいちい』なんて言うのよ。なんだか母性本能をくすぐられちゃってね」

「そんな話、聞きたくないわ」

「ごめんなさい」

麗奈が口を噤《つぐ》んだ。それきり二人の会話は途絶えた。

ちょうどそのとき、百面鬼が寝室に戻ってきた。ハンディタイプのビデオカメラを手にしていた。

「いい物を見つけたぜ」

百面鬼が人質たちの裸身を撮影しはじめた。すると、梢が弱々しく抗議した。

「そんなこと、困ります。撮《と》らないで！」

「いいじゃねえか。体型が美しいのは若いときだけだぜ。記念に撮影しておこうや」

「お願いですから、やめてください」

「ただ裸を撮ってても、つまらねえな。二人にレズショーでも演じてもらうか」

「冗談じゃないわ。女同士でおかしなことなんてできないわっ」

麗奈が柳眉《りゅうび》を逆立《さかだ》てた。

「レズっ気がねえなら、抵抗あるだろうな」

百面鬼が言って、ビデオカメラをチェストの上に置いた。梢が、ほっとした表情になった。

「矢内は、関東義友会新堀組の御園組長と親しくしてるようだな」

見城は麗奈に話しかけた。

「たまに一緒にゴルフなんかやってるみたいだけど、どの程度親しいのかはわからないわ。あんたたち、『山藤』からお金を借りてて、新堀組の人たちに厳しく取り立てられたんでしょ？　それで、パパを恨んでるんじゃないの？」

「さあ、どうかな。矢内から彦坂という名を聞いたことは？」

「ううん、ないわ」

「国分利香って名前は？」

「そういう名前も聞いたことないわね。パパは、仕事関係のことはあんまり話さないのよ」

「そうか」

「ね、トイレに行かせて。さっきから、おしっこを我慢してたの」

「いいだろう」

「ありがとう」

麗奈が立ち上がった。寝室を出るなり、彼女は急に走りだした。

トイレのある場所とは反対方向だった。逃げる気なのだろう。

百面鬼がすぐに麗奈を追った。

十数秒後、廊下で麗奈の悲鳴が上がった。百面鬼が麗奈の片腕を引っ張りながら、寝室に戻ってきた。

「女だからって、油断しねえほうがいいな」

「そうだね」

見城は麗奈を睨みつけ、彼女をダブルベッドに腹這《はらば》いにさせた。圧《お》し潰《つぶ》された胸の隆起は、搗《つ》きたての餅《もち》を連想させた。

「いい尻《けつ》してやがるな。喪服を着せたくなるぜ」

百面鬼が生唾《なまつば》を飲み下《くだ》し、寝室から出ていった。庭で、矢内のボディーガードを迎え撃つ気になったのだろう。

カローラを運転していた鷹のような面構《つらがま》えの男が来るのか。見城は身構えた。

数分後、庭で揉《も》み合う音がした。百面鬼の怒声も聞こえた。すぐに騒ぎは鎮《しず》まった。

待つほどもなく百面鬼が寝室に入ってきた。ひと目で暴力団の組員とわかる三十歳前後の男の利き腕を捩上《ねじあ》げている。

「この野郎、一匹だったよ」

「矢内は？」

「表の車の中にいるらしい」

「そう」

見城は男の前に回り込み、右揚《みぎあ》げ突《づ》きを放った。正拳《せいけん》は相手の眉間に決まった。頬《ほお》に刀傷の跡のある男が呻いて、その場に頽《くずお》れる。

「矢内を引っ張ってくらあ」

百面鬼が言って、寝室から出ていった。

見城は、うずくまった男の胸板と喉笛《のどぶえ》を連続して蹴った。男が背を丸めて、横倒しに転がった。

「新堀組の組員か？」

「…………」

返事はなかった。

見城は、男の水月《すいげつ》に鋭い蹴りを入れた。空手道では、鳩尾《みぞおち》を水月と呼んでいる。急所の一つだ。男が乱杙歯《らんぐいば》を剝《む》いて、長く唸《うな》った。

「もう一度、訊く。どこの者《もん》だ？」

「稲森会室岡《むろおか》組にいたんだが、去年の秋に破門になっちまったんだ。それ以来、半端仕事で稼《シノ》いでるんだよ」

「なんて名だ?」

「木元《きもと》ってんだ」

「矢内は、おれをどうしろって言った?」

「あんたをぶちのめして、二人の人質を救い出してくれって」

「そうか。まさか丸腰で乗り込んできたわけじゃないだろうが?」

見城は言った。

「庭で、あんたの仲間に匕首《ドス》を奪われちまったんだ。さっきの男がおれの刃物《ヤッパ》持ってるはずだよ」

「いくらで請け負った?」

「成功報酬は二百万だったんだ。けど、これじゃ、一円にもならねえや」

木元がぼやいた。

見城は薄く笑って、木元のこめかみを蹴った。木元がのたうち回りはじめた。

それから間もなく、百面鬼が矢内を引っ立ててきた。やくざ刑事は拳銃を握りしめていた。娘と愛人の姿を見ると、矢内の赤ら顔がみるみる蒼《あお》ざめた。

「お父さん、何か悪いことをしたの?」

梢が矢内に訊いた。

「悪いことなんか何もしてない。何か誤解されてるようだな」

「ほんとに、そうなの？」

「ああ、もちろん！」

矢内が言いながら、麗奈に困惑顔を向けた。

「パパ、怒らないで。あたし、まさか誰かが押し入ってくるとは思わなかったから、うっかり玄関のドアを開けちゃったのよ」

「もういい」

「こんなことになったからって、パパ、あたしを棄《す》てないでね。もう芸能界には復帰できないだろうし、普通のＯＬにもなれないでしょ？　いままで通りに、毎月二百万のお手当、もらえるわよね」

「いま、そんな話をするんじゃないっ。娘がいるんだぞ、娘が！」

「あっ、そうだったわね」

麗奈が首を竦《すく》めて、舌を出した。

見城は矢内に顔を向けた。

「あんたは国分利香に脅迫されてたんだろ？」

「そんな事実はない」

「あくまでシラを切るつもりか。利香の事件にも、彦坂殺しにも関与してないって言い張る気のようだな」

「事実、その通りなんだから、そうとしか言いようがないじゃないかっ」

矢内が憮然《ぶぜん》と言った。

見城は木元の後ろ襟《えり》を摑み、荒っぽく引き起こした。

「血みどろになって、救急車に担《かつ》ぎ込まれたいか？」

「やだよ、そんなの」

「だったら、矢内の愛人《レコ》を犯せ！」

「えっ」

木元が驚きの声をあげた。すぐに麗奈が文句を言った。

「話が違うでしょ。レイプはしないって言ったじゃないの！」

「おれたちが妙なことはしないとは言ったよ。しかし、第三者のことは何も言わなかったぞ。それに、あんたのパトロンはおれとの約束を破った。その罰さ」

見城は言い返した。

「パパ、何か言ってよ」

麗奈が大声を張り上げた。梢も父親を説得しかけた。だが、矢内は押し黙ったままだった。

「社長の彼女を姦《や》れば、おれにはもう手を出さねえんだな?」

木元がそう言いながら、ダブルベッドに這い上がった。

麗奈がヘッドボードの方に這って逃げようとした。木元が両腕で麗奈を引き寄せ、風船のような乳房をまさぐりはじめた。

「お父さん、やめさせて」

梢が泣き出しそうな顔で訴えた。矢内は口を開きかけたが、ついに言葉は発しなかった。

木元が麗奈の性器を指で弄《もてあそ》びはじめた。

麗奈は懸命に抗《あらが》っている。しかし、木元の腕の中から逃れることはできない。木元が片腕で麗奈の腰を抱えたまま、器用にスラックスとトランクスを膝《ひざ》のあたりまで下げた。早くも欲望は昂《たか》まっていた。

「いやーっ」

麗奈が全身で暴《あば》れた。

しかし、抵抗は虚《むな》しかった。木元は後ろから刺すように貫《つらぬ》いた。麗奈は観念したらしく、急におとなしくなった。いつの間にか、ビデオカメラを構えた百面鬼がベッドサイドに迫っていた。

「おい、なんの真似だっ」

矢内が百面鬼を詰《なじ》った。百面鬼は意に介さなかった。

木元が腰を大きく躍《おど》らせはじめた。いつしか麗奈も腰を弾ませていた。矢内が絶望的な顔で溜息をつく。

不意に木元が動きを止め、口の中で短く呻いた。果てたようだ。麗奈は幾度もなまめかしい声を洩《も》らしたが、極《きわ》みには達しなかった。

二人は離れた。

矢内が愛人に憎々しげに言った。

「おまえとは、おしまいだな」

「パパが悪いのよ」

「迎え腰なんか使いおって！」

「自然に腰が動いちゃったのよ、気持ちよくなってきたんで」

麗奈は少しも悪びれなかった。

「今度は、近親相姦《そうかん》をやってもらうか」

百面鬼がにやつきながら、矢内父娘《おやこ》を等分に見た。梢が、また泣きはじめた。

「きさまら、狂ってる。正気の沙汰《さた》とは思えん」

「おれたちは本気だよ」

見城は矢内に言った。

「死んでも、それだけはできん」

「なら、口を割るんだな。利香に、大物政治家、暴力団の組長、芸能人、プロ野球選手なんかから運転資金を集めてたことを知られたんだなっ」

「そうだよ。それで、モニターの謝礼という名目で月々三百万ずつ去年の十月から、彼女の銀行口座に……」

「あんたは別のことでも利香に弱みを押さえられたんだろう？　だから、新堀組の水野に彼女の始末を頼んだんじゃないのか。若頭の水野は自分の手を直《じか》に汚すことを嫌って、誠仁会の小野塚たちに利香を拉致させた。水野は自分の舎弟に命じて、睡眠導入剤と向精神薬で利香を眠らせ、大型保冷庫の中に放置させた。彦坂を殺《や》った動機は何なんだ？」

「待ってくれ。わたしは二人の殺害には関与してないっ。ほんとなんだ。わたしは、水野に国分利香を少し痛めつけてくれって頼んだだけだよ」

矢内が言った。

「水野は彦坂に頼まれて利香を消したと言ってたが、真の殺人依頼者はあんたなんじゃないのか。メッセンジャー役の彦坂を誰かに葬らせたのは、奴に自分の致命的な秘密を握られてしまったからなんだろう」

「どっちも殺《や》らせてない」

「しぶといな。それじゃ、説明してもらおうか。水野を通じて、誠仁会の日吉に利香の事務所を焼き払わせようとしたのは、どうしてなんだっ。彼女の会社に、あんたに不都合な物があると判断したからじゃないのか！」

「そんなことは絶対にさせてない。なんで、わたしをそういうふうに疑うんだっ」

「怪しい点が幾つもあるからさ。あんたは彦坂が撲殺されると、慌てて奴の事務所を引き払って、備品なんかをそっくり成城の自宅に運ばせた」

「それは、彦坂とわたしの関係がマスコミに知られることを恐れたからだよ。彦坂は荒っぽいビジネスをしてたからな」

「あんたが彦坂にダーティーなビジネスをさせてたんだろうが」

見城は左目を眇《すが》めた。

「それは違う。彦坂のやってたリストラ請負や会社整理の儲《もう》けなど小さなものさ。わたしが、そんな小金を欲しがるわけないじゃないか」

「高利貸しのあんたは強欲なはずだ」

「わたしを小者扱いしたいらしいな。それは赦《ゆる》すが、人殺し呼ばわりは赦さないぞ」

矢内が声を張った。

この男は大芝居を打っているのだろうか。それとも、事件には本当に関わっていないのか。見城の確信は揺らぎはじめた。

「おい、矢内の耳を片方ずつ削《そ》ぎ落としな」

百面鬼が拳銃を構えながら、木元に鞘《さや》ごと匕首《あいくち》を投げた。木元は、うまくキャッチした。

「そんなことできねえよ。おれ、昔、社長にずいぶん取り立《キリトリ》ての仕事を回してもらって、世話になったんだ」

「やらなきゃ、てめえの頭《ペテン》はミンチになるぜ」

「くそっ」

「どうする？」

百面鬼が右腕を突き出した。銃口は木元の顔面に向けられた。

木元が短刀の鞘《さや》を横に払い落とし、矢内に組みついた。矢内が目を剝く。

「おまえ、正気なのか⁉」

「社長、勘弁してください」

木元が矢内の右耳を横に引っ張り、匕首《あいくち》を垂直に動かした。

矢内が雄叫《おたけ》びめいた声を放った。木元は剃《そ》ぎ落とした血塗《ちまみ》れの耳を抓《つま》んだまま、体を大きく震わせはじめた。梢が父親に駆け寄る。

「国分利香も彦坂も殺《や》らせてないのか？」

見城は、うずくまった矢内に問いかけた。

「何度も同じことを言わせるなっ。ううーっ、痛い！　気が遠くなりそうだ」

「それじゃ、誰があんたを犯人に仕立てようとしたんだっ。思い当たる奴は？」

「わからん、わからんよ。それより、早く救急車を呼んでくれ。いまなら、まだ耳をくっつけられる。た、頼むよ」

矢内が声を絞り出した。

木元が鮮血に染まった耳をハンカチで包み、携帯電話を取り出した。梢が泣きじゃくりながら、父親を床に横たわらせた。麗奈はベッドの上で、うつけた表情をしていた。

「引き揚げよう」

見城は百面鬼に声をかけた。

3

話題は途絶《とだ》えがちだった。

見城は百面鬼とビールを傾けながら、黙々と上海料理を食べていた。歌舞伎町《かぶきちょう》二丁目にあるチャイニーズ・レストランだ。あと数分で、午後九時になる。麗奈の家から新宿に車を走らせ、二人はこの店に落ち着いたのだ。

矢内の言葉を鵜《う》呑《の》みにしてもいいのか。

見城は、まだ迷っていた。木元に矢内の両耳を切断させるべきだったか。そこまで痛めつければ、並の人間は嘘をついたりはしないだろう。

しかし、片耳を削がれただけでは死ぬほどの恐怖心は覚えないのではないか。まして矢内は、強《したた》かな生き方をしてきた男だ。シラを切り通したとも考えられる。

「見城ちゃん、まだ矢内を疑ってるようだな」

百面鬼が話しかけてきた。

「うん、まあ」

「微妙なとこだよな。矢内が素直に自白《ウタ》ったとも見えたし、何か隠してるようにも感じられたからさ」

「そうなんだ。もう少し矢内をマークすべきかもしれないな」

見城は言って、煙草に火を点けた。

「奴を泳がせてても、おそらく尻尾《しっぽ》は出さねえだろう。もし矢内が空とぼけたんだとしたら、当然、警戒するよな」

「ああ、多分ね」

「癪《しゃく》だが、振り出しに戻ったほうがいいんじゃねえか。鬼王神社で締めた新堀組の水野から、何か引き出せるかもしれねえ。奴がどこの病院に入ってるか、ちょっと探《さぐ》ってみらあ」

百面鬼が派手な上着の内ポケットから携帯電話を取り出し、数字ボタンを押しはじめた。

新宿のやくざや情報屋に次々に電話をかけた。百面鬼の顔が綻《ほころ》んだのは、ちょうど十本目の電話だった。彼は相手に礼を言って、携帯電話の通話終了ボタンを押した。

「水野の入院先がわかったぜ。阿佐谷《あさがや》北にある杉並形成外科医院だってよ。そのクリニックの院長は遊び人で、新宿のヤー公たちとつき合いがあるらしいんだ」

「行ってみよう」

見城は伝票を摑んで、円卓から離れた。百面鬼が慌《あわ》てて追ってくる。

店を出ると、二人は路上に駐《と》めておいた車にそれぞれ乗り込んだ。覆面パトカーのクラウンが先にスタートした。見城はＢＭＷでクラウンを追った。

青梅街道に出ると、百面鬼が覆面パトカーのサイレンを響かせはじめた。

阿佐谷北まで二十分もかからなかった。目的の病院は、中央線と早稲田通りのほぼ中間にあった。鉄筋コンクリート造りで、五階建てだった。

二人は杉並形成外科医院の玄関を潜《くぐ》った。

百面鬼が当直医に警察手帳を見せ、水野の病室を訊いた。三〇五号室だった。

見城たちはエレベーターで三階に上がった。

百面鬼がノックもせずに、三〇五号室のドアを開けた。個室だった。

ベッドに横たわった水野の枕許《まくらもと》には、厚化粧の女が腰かけていた。三十二、三歳か。

水野の妻か、愛人だろう。

「新宿署だ。二、三十分、席を外してくれねえか」

百面鬼がそう言い、女を病室から追い出した。

見城はベッドの際にたたずんだ。

「生命力があるな。わざと急所は外してやったんだが、四発も喰《く》らったら、たいてい出血多量でくたばるもんだ」

「な、なんの用なんでえっ」

水野が虚勢を張った。しかし、目には怯《おび》えの色が宿っていた。

「動けないくせに、粋《いき》がるね。あんたの息の根を止めに来たわけじゃない。ちょっと情報が欲しいだけだよ」

「何が知りてえんだ？」

「まず彦坂のことから話してもらおう」

「彦坂のことなら、鬼王神社の境内でもう話したじゃねえか」

「ブーたれてないで、おれの質問に答えろ。彦坂はリストラ請負や会社整理のほかにも、何か危《ヤバ》いビジネスをしてたんじゃないのか。え？」

「そのあたりのことは、よくわからねえな」

「そうするか」

見城は両手を拡《ひろ》げて、水野の上にのしかかった。水野が悲鳴をあげた。もろに傷口を圧迫されたのだろう。

「手温《てぬる》いな。ベッドごと引っくり返してやれや」

百面鬼がけしかけた。

「そうだな」

「やめてくれーっ。話すよ。彦坂は、ロシアで密漁されたタラバ蟹《がに》をオホーツク沖で大量に買い付けて大手水産会社に転売して儲けてたみたいだぜ」

「海上での闇取引を北海道の漁民にやらせてたんだな？」

「ああ、そう言ってたよ」

「どのくらい儲けたと言ってた？」

見城は訊いた。

「具体的な数字は教えてくれなかったよ。これはおれの想像だけど、彦坂は蟹だけじゃなく、旧ソ連軍の銃器なんかも密輸してたんじゃねえのかな。あの男、ロシア軍の将校たちが使ってるマカロフPbってサイレンサー・ピストルを持ってたことがあるんだ。だから、そう思ったんだよ。もしかしたら、彦坂は小型核ミサイルもロシアから密輸入してたのかもしれないぞ」

「核ミサイルの買い付けはともかく、水産物や銃器の密輸入には多少まとまった資金がいるはずだ。彦坂のスポンサーは誰だったと思う？」

「スポンサーがいたとすりゃ、『山藤』の矢内社長あたりだろうな。彦坂は、社長の個人秘書みたいだったからさ」

「ほかに考えられるスポンサーは？」

「ちょっと思い当たらねえな」

「彦坂は、新堀組の組長とも人目につきにくい飲み屋で会ってたらしいんだ」

「えっ、あいつがうちの組長《オヤジ》と……」

水野は意外そうな顔つきになった。

「その話は知らなかったらしいな」

「ああ。彦坂は、うちの御園組長は万事にビジネスライクだからって、敬遠してた感じだったんだよ。組長《オヤジ》のほうも、彦坂のことを嫌ってるようだったしな」

「そんな二人が何か裏ビジネスで手を組んでたとは考えられないか？」

「二人とも金銭欲が強《つえ》えから、おいしい話なら、共同戦線を張る気になるかもしれねえな」

「何か思い当たらないか？」

「うちの組長《オヤジ》が労務コンサルティングをやってることは知ってる？」

「ああ、知ってるよ」

「組長《オヤジ》は一年弱で、『石光興産《いしみつ》』の社員を約五百人も早期退職に追い込んだ。そのとき、リストラ請負人の彦坂にいろいろ罠《わな》を仕掛けさせたんじゃねえのかな」

「そうなんだろうか」

見城は曖昧《あいまい》な答え方をした。

『石光興産』は、民族系石油元売り会社の大手だ。国内ガソリン販売では、約十五パーセントのシェアを保《たも》っている。

日本でガソリンなど石油製品を卸販売《おろしはんばい》している元売りは十二社ある。そのうち五社は外資系で、残りの七社が民族系企業だ。もちろん、民族系企業には外国資本はまったく入っていない。

わが国はアメリカに次《つ》いで世界第二の石油市場である。とはいえ、元売りが十二社もあるのは乱立気味だろう。石油業界は一九九六年春の石油製品の輸入自由化以降、ガソリンなどの値下げ競争が止まらない。各社の業績は悪化する一方だ。

競争激化と需要不振で、石油産業の将来はあまり明るくない。

近々、巨大石油会社エクソンモービルが誕生する。史上最大のM&A（企業の合併・買収）によって、国際石油資本《メジャー》同士が合併して〝超メジャー〟が出現するだろう。

どちらにとっても、生き残りをかけた大型合併だ。

モービルを買収するエクソンは毎年、八十五億ドル前後の純利益をあげてきた。売上高こそメジャー一位の英蘭系ロイヤル・ダッチ・シェルよりも低いが、儲けでは大差がない。それどころか、純利益額がメジャー一位を上回る年もあった。

そんなエクソンも、原油・天然ガスの可採埋蔵量が伸び悩んでいた。しかも、原油が一バレル十ドル前後まで下がってしまった。

そこでエクソンは、オーストラリアで石油会社買収を重ねて埋蔵量を着実に増やしてきたモービルに目をつけた。モービルは、クリーンエネルギーとして注目される液化天然ガス（LNG）の技術面でも優《すぐ》れている。

買収されるモービルにも悩みがあった。それは、インドネシアでのLNGプロジェクトの寿命が近づいていたことだ。そうした背景があって、米石油最大手のエクソンと同二位のモービルが手を組むことになったのである。

モービルは、世界最大の産油国サウジアラビアで輸出用の製油所合併を手がけたりして、同国と関係が深い。超メジャーのエクソンモービルが勢いづくことは目に見えている。

メジャー再編の大波は、日本の石油産業にも押し寄せてきた。

民族系一位の日本石油と六位の三菱石油は、一九九九年四月に合併を決めている。新社名は日石三菱（現・新日本石油）だ。

外資系のエッソ石油、モービル石油、ゼネラル石油、キグナス石油の四社が大合同に進むという見方が強い。

安値攻勢を仕掛けてきた外資系が合併したら、民族系元売りが生き残るには他社との提携・合併は避けられないだろう。また、外資系の元売りは、民族系との合併や統合を狙っている。激動の国際競争時代を見越して、外資系と民族系が手を握って〝強者連合〟をめざしているといわれている。いずれ、民族系の元売りも二、三のグループに集約されることになるのではないか。

『石光興産』は民族系の二位だが、約一兆三千億円の有利子負債を抱えている。リストラ対策として、労務コンサルタントを名乗る御園に約五百人の社員を斬《き》らせたのだろうか。あるいは、『石光興産』を買収したがっている他の元売り会社が御園を雇ったのか。狙った企業の社員数が少なくなれば、買収しやすくなる。

「御園と『石光興産』の関わりは？」

見城は水野に問いかけた。

「そのあたりのことは、よくわからねえんだ」

「別の石油元売り会社とのつき合いは？」

「さあ、よくわからねえなあ」

「御園の語学力は？」

「組長《オヤジ》、英語はペラペラだよ。おれ、組長《オヤジ》がアメリカ人ホステスと英語で喋ってるのを見たことあるんだ。ちょっとカッコよかったよ」

水野が答えた。

御園は、民族系の元売りを傘下に収めようと画策している外資系の石油会社に雇われ、『石光興産』の社員を五百人も減らしたのか。彦坂が御園の下働きをしていたとすれば、目をつけた社員たちを汚い罠に嵌《は》め、退職に追い込んだのだろう。

「おめえ、御園とうまくいってねえんじゃねえのか?」

百面鬼が水野に声をかけた。

「そんなことねえよ。うまくいってるさ」

「それにしちゃ、組長《オヤジ》のことを知らなすぎるな。若頭《カシラ》なら、もっと組長の裏の顔を知ってるもんだぜ」

「勝手に決めつけんなよ」

「あんまり組長《オヤジ》とは反《そ》りが合わねえみてえだな。正直に話せや。御園に告げ口なんかしねえからさ」

「ほんとだな」

「ああ。昔、何かあったんだろ?」

「もう三年も前の話だが、おれが惚《ほ》れてたクラブの女を組長《オヤジ》に寝盗《ねと》られちまったんだ。それも、おれの目の前で組長《オヤジ》は女を……」

「抱いたんだな？」

「ああ」

「陰険だな。おめえ、何か御園を怒らせるようなことをしたんじゃねえのか？」

「組長《オヤジ》は姐《あね》さんがおれに色目を使ったと勝手に思い込んでるんだ。それから、おれも姐さんに気があるともな」

「御園は異常に嫉妬《しっと》深いのか？」

「そう、そうなんだよ。でもって、勝手に姐さんとおれが組長《オヤジ》を裏切ったと思い込んでるんだ」

「寝盗られた女は、いまも御園の世話になってるのか？」

「いや、組長《オヤジ》に抱かれた晩にどこかに消えちまったよ。おれに半殺しにされると思って、関西にでも逃げたんだろうな」

水野の表情が暗くなった。

「そんな目に遭《あ》わせられたのに、なぜ組から離れなかった？」

「御園の後見人《こうけんにん》に当たる大親分に、おれは何かと世話になったんだよ。だから、尻《けつ》を巻るわけにゃいかなかったんだ」

「ばかな野郎だ」

「え？」

「御園は、おめえに彦坂殺しの罪をおっ被せようとしたかもしれねえのによ」

「ま、まさか⁉」

「とろい野郎だな。御園は『山藤』の矢内とつるんで、何かやってるようなんだが、見当つかねえか？」

「ちょっと思い当たらないな」

「おめえ、もっと悔しがれよ。御園に陥《おとしい》れられそうになったかもしれねえと言っただろうが！」

「その話が事実だったら、赦《ゆる》せねえな」

「そうだよな。おめえの代わりにおれたちが仕返ししてやらあ。だから、信用できる若い者《もん》を使って、御園に関する情報を集めさせな」

「わ、わかったよ」

「頼むぜ。また来らあ」

百面鬼が水野に言って、先に病室を出た。

見城は、やくざ刑事の後を追った。

4

メルセデス・ベンツが動きはじめた。

車体の色はブリリアント・グレイだ。ステアリングを握っているのは御園自身だった。

見城はギアをD《ドライブ》レンジに入れた。

歌舞伎町の裏通りである。新堀組の組事務所の近くだった。

モダンなデザインの五階建ての組事務所には、代紋も提灯《ちょうちん》も掲《かか》げられていない。数種の企業名が出ているだけだ。

組事務所から現われた御園は、ちょっと見は堅気の事業家ふうだった。しかし、目には筋者特有の凄みがあった。粘った甲斐《かい》があった。

見城はBMWを発進させた。

正午過ぎから辛抱強く組事務所の近くで張り込んでいたのである。いまは、五時過ぎだった。きのう抱き込んだ水野がどこまで協力してくれるかが楽しみだ。

見城は少し加速し、ベンツとの車間距離を縮めた。車の多い場所では、あまり被尾行車から離れられない。うっかりしていると、マークした車を見失ってしまうからだ。

御園の車は区役所通りを左折し、職安通りを右に折れた。そのまま明治通りを突っ切り、抜弁天《ぬけべんてん》の方向に進んでいる。

行き先の見当はつかなかった。

御園が尾行に気づいた様子はうかがえない。一定の速度で、ベンツを走らせている。

若松町を通過したとき、携帯電話に着信があった。電話をかけてきたのは百面鬼だった。

「いま少し前に、国税査察官に化けた松《まつ》が彦坂の家《ヤサ》から出てきたところだよ」

「で、どうだった?」

「松の話によると、彦坂の個人口座に日進漁業から毎月一億円前後の金が振り込まれてたらしいよ」

「タラバ蟹の代金だろうね」

「ああ、それは間違いねえだろう。それから、京都の洛北《らくほく》連合会からも半年ほど前に、六億円が振り込まれてたそうだ」

「密輸銃器の代金にしちゃ、ちょっと額がでかいな」

「おそらく麻薬《ヤク》の代金なんだろう。旧ソ連軍はアフガニスタンに侵攻してた時期、若い兵士の恐怖心を取り除くためにドラッグ漬けにしてたからな。そんときに使った麻薬《クスリ》が大量に残ってたんだが、その大半はロシアン・マフィアの手に渡ったはずなんだ」

「その話は、テレビのドキュメンタリー番組で知ったよ」

　見城は言った。

「そうかい。彦坂は、タラバ蟹と麻薬をオホーツク海の沖で買い付けて転売してやがったにちげえねえ」

「そうなんだろうな」

「肝心な話は、これからだ。彦坂が裏ビジネスで稼いだと思われる金は、そっくり御園の銀行口座に振り込まれてたって言うんだよ」

「彦坂の裏ビジネスのスポンサーは、御園だったんだろうか」

「いや、御園はスポンサーじゃねえな。スポンサーが危《ヤバ》い金を自分の銀行口座に振り込ませたら、何かと都合が悪いじゃねえか」

「確かに、百《どう》さんの言う通りだね。御園はダミーで、真のスポンサーは別の奴なんだろう」

「ああ、おそらくな。矢内がスポンサーと考えると、国分利香と彦坂が消されたことも合点がいくんだが、当の本人は……」

「否認してるし、二つの殺人事件には関与してないと言い張ってる」

「そうなんだよな。矢内が、おれたちを欺《あざむ》いてやがるのか。そうではなく、別の奴が彦坂に裏ビジネスをやらせてたのか。そいつが謎《なぞ》だな」

「そうだね。それはそうと、ようやく御園が動きだしたよ」

「いま、奴を尾行中なのか？」

百面鬼が訊いた。

見城は経緯《いきさつ》を話し、通話を切り上げた。御園の車は市谷柳町、北町、横寺町と抜け、JR飯田橋駅近くのシティホテルの地下駐車場に入った。

見城もBMWを潜《もぐ》らせた。ベンツを降りた御園はネクタイの結び目を直し、ホテルの一階ロビーに上がった。

見城は御園を追った。

広いロビーのソファには、アメリカ人らしい大柄な中年男が坐っていた。髪の毛は、ライトブラウンだった。その男は御園の姿に気がつくと、にこやかに立ち上がった。二人は握手をし、連れだってホテル内の鮨屋《すしや》に入っていった。

店内は、それほど広くない。しかも、客は御園たちだけだ。

店の中に入るのは、まずいだろう。見城は鮨屋から少し離れた。

大柄な白人男性は、外資系の石油会社の社員なのか。そうだとしたら、男の勤めている会社は多額の負債を抱えている『石光興産』を買収する気なのではないか。御園を使って約五百人の社員を『石光興産』から追い出したのは、買収話をスムーズに運ぶための布石にちがいない。

見城は、俗に〝コンクリート・マイク〟と呼ばれているハイテク仕様の高性能小型盗聴器を隠し持っていた。

鮨屋の壁に円錐《えんすい》型の小さなマイクを押し当てれば、店内の会話や物音は拾える。しかし、飲食店コーナーの通路をひっきりなしに人が歩いていた。

〝コンクリート・マイク〟を使ったら、たちまち怪しまれてしまうだろう。ホテル側が一一〇番通報しないとも限らない。そんな騒動を巻き起こすわけにはいかなかった。

見城は通路を行きつ戻りつしはじめた。一カ所にたたずんでいたら、不審に思われると判断したからだ。

なんとか大男の白人の正体を探《さぐ》りたい。見城は歩きながら、知恵を絞ってみた。

まず二人を引き離さなければならない。新堀組の組員になりすまして、鮨屋に電話をかけてみるか。そして、御園だけをロビーに呼び寄せる。その隙《すき》に店内に入り、わざと人違いを装って、アメリカ人らしい男の正体を探《さぐ》ってみるか。

そこまで考え、見城は自分を嘲笑《ちょうしょう》した。

鮨屋が御園の馴染《なじ》みの店かどうかもわからない。仮にそうであっても、御園が会食の場所を組員たちに告げているかどうか。多分、そこまでは教えないだろう。

ベンツのライトが点けっ放しであるとホテルマンに嘘をついて、呼び出しの館内放送をしてもらう手はどうか。おそらくホテルマンは、ベンツのナンバーを読みに地下駐車場に降りていくだろう。そうなったら、嘘はすぐにバレてしまう。

御園たちは小一時間《こ》は店にいるのではないか。百面鬼に、白人の男を尾《つ》けてもらうことにした。

見城はフロントのあるロビーに引き返し、百面鬼の携帯電話の番号を押した。あいにく、先方の電源は切られていた。極悪刑事は職務中にフラワーデザイナーと睦《むつ》み合いたくなったのか。

見城は、松丸の携帯電話を鳴らしてみた。松丸がすぐに電話口に出た。

「おれだよ。松ちゃん、さっきはご苦労さんだったな」

「いやあ、どうってことないっすよ」

「百《どう》さんとは、もう別れたらしいな?」

「ええ。百《どう》さん、久乃さんの自宅に行くって言ってたっすよ」

「そうか。松ちゃん、ちょっと協力してもらいたいんだ」

見城は経過を話した。

「いいっすよ。そのアメリカ人らしい大男を尾行して、そいつが何者か調べればいいんすね？」

「そう」

「これから、飯田橋に向かうっすよ。ホテルのロビーで落ち合いましょう。三十分もあれば、そちらに着くと思うっす」

松丸が電話を切った。

見城はロビーで一服してから、鮨屋の斜め前まで戻った。御園たち二人はカウンターに並んで腰かけ、刺身の盛り合わせを肴《さかな》に冷酒を傾けていた。

松丸が到着したのは数十分後だった。

見城たちはロビーの最も端のソファに腰かけた。その位置から鮨屋の出入口が辛《かろ》うじて見える。

「もっと早く片がつくかと思ってたんだが、意外にからくりが複雑でな」

見城は松丸に事の経過をおおむね話してあった。

「そうみたいっすね。『山藤』の社長が国分利香さんと彦坂って男を誰かに始末させたと思ってましたが、そうじゃないのかもしれないっすよ」

「いや、矢内に対する疑いが完全に消えたというわけじゃないんだ。ただ、利香は何かとてつもない陰謀を知ったため、あんな形で殺されたような気がするな」

「確かに、大物政治家や暴力団の組長たちから『山藤』が運転資金を集めてたことはスキャンダルはスキャンダルっすよね。だけど、その程度の弱みに千八百万円の口止め料を出すとも思えないな」

「そうなんだよ」

「利香って女性は、矢内の致命的な弱みを何らかの方法で知ったんでしょう。矢内は彦坂にリストラ請負、会社整理、タラバ蟹の密輸といったダーティー・ビジネスをやらせてた疑いがあるんすよね」

松丸が確かめるように言った。

「ああ。そういったことも矢内の弱みになることはなるが、致命的な弱点とは言えないだろう」

「そうっすよね。矢内がどんなに気取ったところで、所詮《しょせん》は街金《まちきん》の成功者にすぎないからな。世間は、どうせ後ろ暗いことを繰り返しながら、矢内はビッグになったという見方をしてるでしょうしね」

「ま、そうだろうな。それに、矢内は保守党の大物政治家や広域暴力団とも深い繋がりがある。裏ビジネスのことで誰かに脅されたとしても、それほど動揺しないだろう」

「おれも、そう思うっす。なんの根拠もないんすけど、ひょっとしたら、矢内は新堀組の組長あたりに運転資金の出資者たちを強請《ゆす》らせてたんじゃないんすか？」

「そういう読み筋もできるな。破格の裏金利を出資者たちに支払いつづけてたら、いつか資金繰りが苦しくなってくる。その前にサラ金との癒着《ゆちゃく》ぶりを御園にちらつかせて、出資者たちから〝高い謝礼〟を取り戻させてたんだろうか」

「そんなことをちらっと考えてみたんすけど、矢内が恩人たちをそうした形で裏切ってることが発覚したら、奴自身が抹殺《まっさつ》される恐れもあるっすよね？」

「そうだな。御園に裏金利分に相当する額を全出資者から回収させたとしても、たいしたメリットはない。損得勘定しながら生きてる事業家が、それに気づかないわけないだろうな」

「ええ、そうっすね。おかしなことを言い出しちゃって、すみません。おれ、頭の構造が緻密《ちみつ》じゃないもんで」

「どうして、どうして。松ちゃんの推測は意表を衝《つ》いてたよ」

「からかわないでください。それより、ほかに考えられる致命傷となると、どんなことがあります？」

「すぐには思い浮かばないが、御園が『石光興産』の社員を五百人あまりも退職に追い込んだことが謎を解く鍵になるような気がしてるんだ」

見城は言って、ロングピースをくわえた。

「矢内は、オイル・マフィアの手先なんじゃないっすかね。御園がアメリカ人らしい男と一緒に鮨屋にいるってことは、その可能性がありそうっすよ」

「可能性はあるだろうな。ただ、オイル・マフィアの手先になって、矢内にどれほどのメリットがあるかだ」

「矢内はサラ金会社のオーナー社長で終わりたくないんじゃないのかな。オイル・マフィアに恩を売っといて、見返りに外資系の企業と提携し、新規事業に乗り出す。それがどういう業種であっても、高利貸しよりはイメージアップになるんじゃないっすか」

「松ちゃん、想像力が豊かなんだな」

「また、茶化す。見城さん、最近、性格が悪くなったんじゃないっすか。百《どう》さんなんかとつき合ってるからっすよ。そろそろ悪党刑事と腐れ縁を断つべきだな」

松丸が真顔で忠告した。

「忠告はありがたく拝聴しておくよ。しかし、百《どう》さんとは一生つき合うことになりそうだな」

「あんな生臭坊主とつき合ってたら、いいことないのに」

「松ちゃんは、百《どう》さんと絶交できそうか？」

「一日も早く絶交したいっすよ。おれをゲイ扱いばかりするし、キープしてあるオールドパーは勝手に飲むしね。それから貸した金は一度も返してくれないし、下品そのものっすから。けど、百《どう》さんの顔を見られなくなるのはなんか淋《さび》しいっすね」

「おれたちは何かの縁で繋がってるんだろう。悪口言い合いながらも、仲よくやっていこうや」

「そうっすね。あれっ、話がだいぶ脱線しちゃったな」

「そうだな」

見城は微苦笑した。

そのとき、視界の端に御園と大柄な白人男が映《えい》じた。二人は何か談笑しながら、ロビーの方に歩いてくる。

「御園たちだよ」

見城は松丸に小声で告げた。松丸が視線を延ばす。

「おれは、栗毛の白人男を尾ければいいんすね？」

「ああ。松ちゃん、車は？」

「ホテルの正面に路上駐車してあります」

「そうか。顔を伏せよう」

二人は相前後して下を向いた。

御園たちはフロントの前で握手をし、その場で別れた。御園は地下駐車場に通じる階段の降り口に向かった。アメリカ人と思われる大男は、玄関の回転扉に向かって歩きだした。

「うまくやってくれ」

見城は松丸の肩を軽く叩《たた》き、御園の後を追った。松丸が急ぎ足でロビーに入る。

御園は地下駐車場に下《くだ》るまで、一度も振り向かなかった。足取りも自然だった。まだ尾けられているとは思っていないようだ。

見城は御園がベンツに乗り込むまで、コンクリートの太い支柱に身を隠しつづけた。

ほどなくベンツが走りだした。

見城は自分の車に大急ぎで乗り込み、御園の車を追走した。ベンツはホテルの地下駐車場を出ると、高速五号池袋線の下を走り、関口《せきぐち》方面に進んだ。

見城は一定の距離を保《たも》ちながら、慎重にベンツを追尾しつづけた。

御園の車が吸い込まれたのは、目白台の坂の上にそびえる総合病院だった。四階建てだが、割に大きな病院だ。

耳の縫合手術を受けた矢内が入院しているのかもしれない。

御園が通用口のそばにベンツを駐《と》め、あたふたと院内に走り入った。見城はBMWを総合病院の塀の際《きわ》に寄せ、通用口を通過した。

新堀組の組長は、エレベーターホールに立っていた。見城はホールの陰に身を潜《ひそ》め、階数表示盤を仰《あお》いだ。

御園が函《ケージ》に乗り込んだ。ひとりだけだった。

エレベーターが上昇しはじめた。ランプは四階で静止した。

見城は三分ほど時間を遣り過ごしてから、四階に上がった。外科の入院フロアになっていた。御園の姿は見当たらない。

ナースステーションには中年の女性看護師がいた。見城は模造警察手帳を見せ、相手に問いかけた。

「このフロアに、矢内昌宏さんが入院されてますね」

「はい」

「病室は？」

「いちばん奥の特別室です。事件の事情聴取でしょうか？」

看護師が好奇心を露《あらわ》にした。

見城は無言でうなずき、廊下を進んだ。人影はない。教えられた特別室には、名札がなかった。

見城は〝コンクリート・マイク〟を取り出し、耳にイヤフォンを嵌《は》めた。円錐《えんすい》型のマイクを壁面に押し当て、音を増幅させる。

すると、男同士の会話が鮮明に流れてきた。矢内と御園の声だ。

──痛みは、いかがです？

──痛み止めの薬が切れると、とたんに疼《うず》きはじめるな。頭の芯《しん》まで響くんだ。

──お辛いでしょうね。木元は、もう若い者たちに始末させました。

──できることなら、自分の手で殺してやりたかったよ。あのチンピラは麗奈を犯して、わたしの片耳まで削《そ》ぎおったんだ。当然の報《むく》いだな。

──社長、そのことは早くお忘れになったほうがいいんではありませんか。

──御園君、他人事《ひとごと》だと思って、そう軽く言うなよ。あのときの屈辱感は死ぬまで忘れないだろう。例の男たち二人も必ず始末してくれ。

──わかっています。もう手配済みです。

――そうか。ところで、例の株数はどのくらいになったんだ?

――全体の約二十パーセントを押さえました。もう少し買い増しすれば、筆頭株主に迫るでしょう。

――すべて事は順調に運んでるわけだ。先方さんは、こっちの言い値で株を引き受けてくれるだろう。

――ええ、それは間違いないでしょう。

――きみにはだいぶ危ない橋を渡ってもらったが、それ相当の報酬は払うよ。

――大いに期待しています。

二人が高く笑い合い、話が中断した。

そのすぐ後、見城は背後に人の気配を感じた。振り向きかけたとき、後頭部に筒状の物を押し当てられた。感触で、消音器とわかった。

「動くと、おまえ、死ぬ」

後ろで、たどたどしい日本語がした。男の声だ。

数秒後、見城は首の後ろに尖鋭《せんえい》な痛みを覚えた。どうやら麻酔注射をうたれたようだ。

上体を捩《ねじ》ると、鷹のような顔立ちの男が立っていた。黒いカローラを乗り回していた男だ。

「くそったれめ！」

見城は振り猿臂《えんぴ》で、相手を弾こうとした。

だが、体を反転させる前に視界が大きく揺れた。男の顔が歪《ゆが》んで見えた。と思ったら、全身から力が抜けた。

見城は意識が混濁《こんだく》した。頽《くずお》れる予兆だけをかすかに感じ取れた。

第五章　亡者《もうじゃ》たちの誤算

1

波の音がはっきりと聞こえた。

それで、見城は我に返った。両手首を縛《しば》られ、ロープで梁《はり》から吊《つ》るされていた。宙ぶらりんだった。靴は床から、二十センチほど離れている。

番屋《ばんや》だろうか。隅の方に、古い漁網《ぎょもう》やガラスの浮標《ブイ》が見える。裸電球が灯《とも》っているだけで、誰もいない。三十畳ほどの広さだ。

仕切りドアの向こうから、ボサノバが低く流れてくる。『イパネマの娘』だった。鷹《たか》のような面立《おもだ》ちの男が隣室で、ＣＤを聴いているのか。

「おい、ここはどこなんだっ」

見城は大声で怒鳴った。

隣室で人の動く物音がした。仕切りドアが開けられ、外国人らしい女が姿を見せた。二十四、五歳だろうか。真珠色の長袖《ながそで》ブラウスに、下は黒のミニスカートだ。黒髪で、彫りが深い。ラテン系の顔立ちだった。かなりの美人だ。

「どこなんだ、ここは？」

見城は女に訊《き》いた。すると、女が訛《なまり》のある日本語を喋《しゃべ》った。

「宮城県、海のそば……」

「ブラジル人か？」

「あなた、偉い！　すぐにブラジル人ってわかる日本人、あまりいないよ」

「男はどうした？」

「それ、誰のこと？」

「おれを麻酔注射で眠らせた奴のことだ」

「ああ、セルジオのことね。彼、出かけてる」

「あいつは日系ブラジル人なんだな？」

見城は質問を重ねた。

「そう。セルジオ佐々木のお祖父《じい》さんとお祖母《ばあ》さん、若いときにブラジルに移民したね」

「あんたにも、日本人の血が流れてるのか?」

「四分の一だけね。後はポルトガル、ドイツ、インディオのミックスよ」

「名前は?」

「ソニアよ」

女は短く迷ってから、小声で答えた。

「あなたの名前、知ってる。見城ね?」

「セルジオが教えてくれたのか」

「そう」

「そっちは奴の情婦《おんな》なのか?」

「それ、違う。ただの知り合いね」

「セルジオ佐々木は、おれをここで殺す気なんだな」

「すぐには殺さないと思う。セルジオ、あなたに何か訊く。それ、大事なことね。それまで、あなた、生きられるよ」

「セルジオは、プロの殺し屋なんだな?」

「そう。セルジオ、浜松の自動車部品工場で五年も真面目《まじめ》に働いてた。でも、日本の景気悪くなったら、会社辞めさせられた。貯金、サンパウロに送っちゃって、あまりお金ない。だから、お金のために何でもしなければならない。わたしも前橋の食品加工会社、一年前に辞めさせられた。ブラジルに帰っても、いい仕事ないね」

「だからって、殺し屋に協力することないだろうが」

見城は、それ以上は言えなかった。

現在、日本にはブラジル国籍を持つ者がおよそ二十七万人も住んでいる。その大半は日系ブラジル人だ。彼らの多くはバブル全盛期に高い賃金に魅せられ、大挙して日本に出稼ぎにやってきた。しかし、景気が悪くなったとたん、給料を大幅にカットされる者が続出した。解雇された者も少なくなかった。

ポルトガル語しか喋れない日系ブラジル人の再就職はきわめて困難だ。日本人社会に溶け込む努力をしない者も疎外《そがい》されやすい。

「セルジオの雇い主は誰なんだ?」

「そういうこと、わたし、知らない。知りたくもないね」

「奴は軍人崩れなんだろ?」

「それ、違うよ。セルジオは、サンパウロで警官やってた。だけど、お金たくさん稼げない」

「それで、祖父母の生まれ育った日本に出稼ぎに来たわけか」

「そう。ブラジルの経済、いつも安定してない。いくら働いても、なかなか家は建てられないよ。誰だって、リッチになりたいね。それ、悪いことじゃないでしょ？」

ソニアが挑《いど》むように言った。

「ああ、悪いことじゃないさ。しかし、金だけのために人殺しを引き受けるのは人間として下の下だな」

「でも、お金がないのは辛いよ。惨《みじ》めで、生まれてきたことを呪《のろ》いたくなるね。わたしの友達、仕事なくなって、同じブラジル人の男たちに体売ってた。それ、悲しいことでしょ？　わたし、友達みたいになりたくなかった」

「それで、セルジオに協力する気になったのか」

「そう。彼と一緒にいれば、ちゃんと食べられる。でも、それだけじゃない」

「セルジオに愛情を感じてるのか？」

「わたし、彼のことをかわいそうと思ってる」

「どういうことなんだ？」

「セルジオの奥さんと子供、日本語喋れない。ポルトガル語だけね。それで奥さんと坊や、二人だけでブラジルに帰っちゃった。セルジオは家族のために一所懸命に働いた。

なのに、ひとりぼっちになっちゃった。それ、とってもかわいそうなことでしょ？」

「セルジオに同情したわけか」

「ああ、それ！　同情ね、愛じゃない」

「かわいそうなのは、セルジオだけじゃないぜ。もうじき殺されることになるおれだって、かわいそうな存在だろうが。違うか？」

「そうね、ちょっとかわいそう」

「おれに同情してくれるんなら、こっそり逃がしてくれないか」

見城は、ことさら憐《あわ》れっぽく言った。

「あなた、逃がしてあげられない。そんなことしたら、わたし、セルジオに殺される」

「それじゃ、せめて死ぬ前にあんたを抱かせてくれないか」

「あなた、わたしを騙《だま》して逃げる気なんでしょ？」

「逃げやしない。もう死ぬ覚悟はできたよ。ただ、あんたみたいなセクシーな女を抱けないのが心残りでな」

「ブラジルの女性と寝たことないの？」

「ああ、残念ながらな。ラテン系の女性は、もの凄《すご》く情熱的らしいじゃないか」

「そう、たいていの女はね」

「おれを床に下ろして、ロープをほどいてくれないか。頼むからさ」

「駄目ね。それ、できない。でも、あなた、少しかわいそう」

ソニアが言って、両腕を見城の腰に回した。脚《あし》に、豊かな乳房が触れた。

「何を考えてるんだ？」

「あなたとセックスはできない。でも、同情してることは伝えられるね」

「言ってる意味がよく理解できないな」

見城は頭の中で、脱走の方法を考えはじめた。ソニアの体を両脚で挟みつけて吊り上げれば、二人の体重でロープは千切れるかもしれない。

一瞬、そう思った。しかし、ソニアは体重五十キロそこそこだろう。彼女の胴を蟹《かに》のように挟みつけて全身を揺さぶってみても、ロープは切れないのではないか。

ソニアを力まかせに蹴《け》ることはできる。しかし、彼女は蹴倒されたぐらいでは竦《すく》み上がらないだろう。それどころか、自分に敵意を抱くにちがいない。

そうなったら、もはや逃亡のチャンスはないだろう。出先から戻ったセルジオに拷問され、揚句は殺されそうだ。

「わたしには、これしかできないよ」

ソニアが済まなそうに言い、見城の下腹部に頬擦《ほおず》りしはじめた。

「おれの男根《ディック》をくわえるつもりなんだな?」

「そう。わたし、そこまでしかできない」

「そんな中途半端なことをされても嬉《うれ》しくないな。せっかくだが、遠慮しておくよ。離れてくれ」

見城は言った。

ソニアは返事をしなかった。盛んに頰を擦《す》り寄せ、スラックスの上から陰茎をまさぐりつづけた。気持ちとは裏腹に、見城は少しずつ力を漲《みなぎ》らせはじめた。すると、ソニアはスラックスのファスナーを引き下げ、猛《たけ》った分身を摑《つか》み出した。

見城は、すぐに含まれた。

ソニアはペニスの根元を握りしめ、舌を使いはじめた。巧みな口唇愛撫《あいぶ》だった。

見城は拒絶する気持ちを失った。されるままになっていた。ソニアが本格的なディープスロートに取りかかった。

その直後、誰かが仕切りドアを蹴る音が高く響いた。

見城はドアの方を見た。セルジオ佐々木が立っていた。ソニアが慌《あわ》てて見城から離れ、ポルトガル語で何か言い訳した。

鷹のような顔をした男はせせら笑い、残忍そうな笑みを浮かべた。ソニアが怯《おび》え戦《おのの》き、後ずさりしはじめた。

「その女に罪はないんだ。おれがしつこく頼み込んで、しゃぶってもらったんだよ」

見城はセルジオ佐々木に言った。

セルジオは射《い》るような眼差《まなざ》しを向けてきたが、何も言わなかった。まっすぐソニアに歩み寄り、無言で彼女の髪の毛を鷲摑《わしづか》みにした。

ソニアが顔を歪《ゆが》め、母国語で何か哀願した。

だが、無駄だった。セルジオはソニアを床に引き倒し、腹や腰を何度も蹴りつけた。

ソニアは胎児のように体を縮め、ひたすら耐えた。セルジオはソニアの上に馬乗りになると、往復ビンタを顔面に浴びせはじめた。

ほとんど手加減はしていないようだった。ソニアは二十発近く横《よこ》っ面《つら》を張られた。彼女の口許は鼻血で染まった。

「もう気が済んだろうが！」

見城は、ふたたびセルジオに言った。

「おまえ、殺す」

「女には、もう手を上げるなっ」

「誰も、おれに命令できない。おれに命令できるのは、ひとりだけ。このおれだ！」

セルジオは自分の胸を指さすと、ソニアのブラウスを乱暴に引き裂いた。ソニアはブラジャーをしていなかった。

セルジオはバックハンドでソニアの顎《あご》を殴打すると、黒いミニスカートと同色のパンティーを引きずり下ろした。ソニアが何か叫び、たわわに実った乳房と黒々と繁った恥毛を手で隠した。セルジオが逆上し、ソニアの後頭部を床板に幾度も叩《たた》きつけた。

ソニアは、ぐったりとなった。

セルジオは、ソニアの顔面の血糊《ちのり》を自分の右手の甲になすりつけた。ソニアは股《また》を大きく割られた。セルジオが何かポルトガル語でソニアを罵倒《ばとう》し、右の拳《こぶし》を秘めやかな亀《き》裂《れつ》に捩《ねじ》入《い》れはじめた。ソニアが悲鳴を放ち、上に逃れようとした。

セルジオは片腕でソニアを引き戻し、一気に拳を深く沈めた。また、ソニアが高い声をあげた。

セルジオは鬼気迫る表情で何か喚《わめ》きながら、拳《フィスト》を左右に抉《こじ》った。ソニアの会陰部《えいんぶ》は裂けてしまったにちがいない。狂気じみたフィスト・セックスは五分以上もつづいた。

ソニアは悶絶《もんぜつ》寸前だった。セルジオは血みどろの右手を引き抜くと、ソニアの上体を摑んで引き起こした。

ソニアは、セルジオの拳の血糊をきれいに舐《な》め取らされた。彼女は泣きながら、その作業を完了させた。

「おい、もうやめろ！」

見城はセルジオに言った。

セルジオは床に唾《つば》を吐き、自分のペニスを引き出した。勃起《ぼっき》していた。暴力と性衝動は、どこかで繋がっているのか。セルジオはソニアの口中に反《そ》り返った男根《だんこん》を突き入れると、彼女の頭部を両手で抱え込んだ。そのまま、狂ったように腰を躍《おど》らせはじめた。

荒々しいイラマチオだった。ソニアは息が詰まって、そのうち肺が破裂するのではないだろうか。

見城は本気で心配した。

セルジオはイラマチオに飽《あ》きると、ソニアにさまざまな体位をとらせた。だが、性交時間はどれも短かった。セルジオはイラマチオで果てたが、そのまま動かなかった。ややあって、ソニアが荒っぽく押し倒された。

セルジオは分身の根元を支えながら、仰向けになったソニアの顔面や胸に小便をかけはじめた。

ソニアが驚き、身を起こした。すかさずセルジオが小便を止め、ソニアの肩を蹴った。ソニアが引っくり返り、横向きになった。セルジオは、今度はソニアの下半身に小便を引っかけはじめた。ソニアが悲鳴をあげた。

小便が途切れた。

セルジオは歪《いびつ》な笑みを浮かべ、力を失った性器をスラックスの中に仕舞った。ソニアは引き裂かれたブラウスやスカートを拾い集めると、隣室に逃げ込んだ。

ドアはすぐに閉ざされた。ほとんど同時に、嗚咽《おえつ》がドアの向こうから響いてきた。

「面白かったか？」

セルジオが近づいてきた。

「てめえは変態だ。最低の変態野郎だよっ」

「おまえは狡《ずる》い男だ」

「狡いだと？」

「そう。狡くて汚い奴だ。女を騙して、逃げようとした。それ、恥ずかしいこと。サムライ精神と全然、違うね」

「ソニアを嬲《なぶ》った変態野郎が偉そうな口をきくんじゃねえ」

見城は怒鳴り返した。

「おまえと言い争ってる時間、もったいないね。女から預かった物、どこにある？」

「女？」

「国分利香のこと。おまえ、女から何か預かったはず」

「ああ、預かってるよ」

「やっぱり、そうか」

セルジオが満足げにほほえんだ。

利香から何か預かっている振りをしてれば、すぐには殺されないだろう。せいぜい時間を稼いでやるか。見城は開き直った。

「それ、どこにある？」

「忘れちまったよ」

「おまえ、ばかね。死ぬ前に痛い思いをしなくちゃならない」

セルジオが口の端をたわめ、ジャケットの内ポケットから金属製の平たいケースを取り出した。

「また、麻酔注射をうつ気かっ」

「それ、外れね」

「何をしやがるんだっ」

見城は体を小さく振りはじめた。場合によっては、反動を利用してセルジオの顔面と胸板に連続蹴りを入れるつもりだった。

セルジオが金属ケースから、十センチほどのニードル・ナイフを抓《つま》み出した。先端部分は注射針と同じ形で、斜めにカットされている。ニードル・ナイフは拷問具の一種で、血液を流し出す目的で使われる。ニードル・ナイフを斜め下から突き刺されると、体内の血は凝固することなく垂れつづける。

「預かった物、どこにある？　それ、言わないと、おまえの体から血がなくなるよ」

「忘れちまったと言っただろうが！」

見城はセルジオを引き寄せてから、右の前蹴りを放った。だが、わずかに届かなかった。すぐさま左の蹴りを見舞う。しかし、あっさり躱《かわ》されてしまった。

「人生、うまくいかないね」

セルジオが余裕たっぷりに言って、見城の後方に回り込んだ。

見城は全身を捩《よじ》って、横蹴りを放った。今度はセルジオの肩口に当たった。セルジオの腰が砕けそうになった。だが、倒れなかった。

セルジオが突進してきた。

見城は左の太腿《ふともも》に鋭い痛みを覚えた。ニードル・ナイフを突き立てられたのだ。見城は横蹴りと後ろ蹴りで、セルジオの接近を必死に防いだ。

しかし、すぐに体力が消耗しはじめた。自然に動きが鈍くなった。

セルジオが抜け目なく隙《すき》を衝《つ》き、見城の両方の太腿に計六本のニードル・ナイフを突き立てた。どれも下から刺された。

細い管を伝った血の雫《しずく》が雨垂《あまだ》れのように滴《したた》りはじめた。出血量は多くない。それでも長いこと放置されたら、命を落とすことになるだろう。

「いい加減に諦《あきら》めるほうが利口ね」

「どうせおれを殺す気なんだろうが！」

「まあね」

「だったら、何も喋らないぞ。それより、冥土《めいど》の土産に教えてくれ。おまえが彦坂、それから小野塚たち三人を殺《や》ったんだなっ」

「それ、言えない。依頼人《クライアント》に迷惑かけられないからな」

「その答えで充分だ。依頼人は、『山藤』の矢内社長なのか。それとも、新堀組の御園組長に頼まれたのか？　どっちなんだっ」

「さあ、どっちだったか」

「引っかかりやがったな」

「え？」

「いま、『さあ、どっちだったか』と言ったよな？　それで、依頼人は二人に絞れたよ」

「おまえ、汚い奴だっ」

セルジオが激昂《げっこう》し、腰の後ろからサイレンサー・ピストルを引き抜いた。マカロフPbだった。

スライドが引かれたとき、仕切りドアが開けられた。銃身を短く切り詰めた散弾銃《ショットガン》を構えたソニアが立っていた。ショットガンは、アメリカ製のイサカだった。銃口はセルジオ佐々木に向けられている。

「なんの真似《まね》だ!?」

セルジオが日本語で驚きの声をあげ、ポルトガル語でソニアに何か言った。ランジェリー姿のソニアは首を横に振り、母国語で何か口走った。

セルジオが怒鳴り返しながら、ソニアに向かって歩きだした。

数メートル進んだとき、重く沈んだ銃声が轟《とどろ》いた。下半身にスラッグ弾を浴びせられたセルジオが膝《ひざ》から崩れた。倒れた弾みに、サイレンサー・ピストルが零《こぼ》れ落ちた。

ソニアがセルジオに走り寄った。

「もう撃つな！」

見城は大声で制止した。

無駄だった。二発目の銃声がこだまし、セルジオの頭は西瓜《すいか》のように撃ち砕かれた。

肉片と鮮血が四散した。

「この男が悪いね。わたし、赦《ゆる》せなかったよ」

ソニアが放心した表情で虚《うつ》ろに呟き、イサカの二連銃を足許に投げ落とした。

「パトカーが来る前に、そっちは逃げろ」

「この近くに家はない。誰にも銃の音、聞こえないよ。心配ないね」

「どうするつもりなんだ?」

見城は訊《き》いた。

「あなたのこと、撃たないよ」

「おれのことを訊いたんじゃない。そっちがどうするかってことを……」

「わたし、逃げるよ。セルジオが乗ってたレンタカーがある。あなた、どこかの駅まで、わたしを乗せてって」

「わかった」

「椅子《いす》とナイフを持ってくる。ロープ、切ってあげる」

「その前にニードル・ナイフを抜いてくれないか」

「ああ、それが先ね」

ソニアが小走りに駆け寄ってきた。これで、命拾いできた。

見城は運の強さを素直に喜んだ。

2

床は血の海だった。

見城は両手首を撫《な》でさすりながら、足で死体を転がした。セルジオ佐々木の顔は、半分近く消え失《う》せていた。潰《つぶ》れたトマトそっくりだ。

「わたし、ひどいことをしてしまった。セルジオ、かわいそう。もう好きなお酒も飲めない。女も抱けないね」

ソニアが小さく呟《つぶや》き、十字を切った。

「この男のことは、もう忘れろ。そっちは自尊心を踏みにじられたんだ」

「でも、殺すことはなかったのかもしれない。セルジオ、わたしに優しくしてくれたこともあったの」

「もう終わったことだ」

見城は話を遮《さえぎ》って、死者のポケットをことごとく検《あらた》めた。

アドレスノートや名刺の類《たぐい》は所持していなかった。携帯電話の登録ナンバーもチェックしてみたが、殺しの依頼人に結びつくような手がかりは何も得られなかった。セルジオの所持金は、日本円で三百万円ほどだった。車の鍵《キー》は持っていない。レンタカーに付けたままなのだろう。

「少し時間をくれる？」

ソニアが声をかけてきた。

「裂けた大事なとこが痛むんだな？」

「ううん、そうじゃない。その痛みは我慢できる」

「何をしたいんだ？」

「セルジオ、このままじゃ、天国に昇れない。わたし、お墓作ってあげたいの」

「お人好しだな」

「あなた、手伝ってくれる？　わたしひとりじゃ、早く穴を掘れないと思うの」

「わかった。手伝ってやるよ。ただ、一つだけ条件がある」

「条件？」

「ああ、セルジオが持ってた金を黙って受け取ってくれ。おれは、奴が使ってたサイレンサー・ピストルを貰《もら》う」

「お金も、あなたが貰えばいい。あなた、乱暴なことをされたんだから。治療代ね」

「あんたは、心と体の両方に傷を負わされたんだ。慰謝料として、この金を受け取るべきだな」

見城は言った。

「わたし、自分のお金持ってる。十二、三万円あるね。それだけあれば、電車にも乗れるし、安いホテルにも泊まれる」

「この札束を受け取ってくれないなら、墓掘りの手伝いはできない」

「それ、困るよ。いいわ、わたし、お金貰う。あなた、ちょっと強引ね」

ソニアが微苦笑《びくしょう》し、分厚い札束を受け取った。

見城はマカロフPbを床から拾い上げ、銃把《グリップ》から弾倉《マガジン》を引き抜いた。残弾は九発だった。見城はマガジンを銃把に戻し、サイレンサー・ピストルを腰の後ろに差し込んだ。

「どこかにスコップがあるといいね」

ソニアがそう言いながら、漁具のある方に足を向けた。

見城も番屋の中を物色しはじめた。あいにくスコップは見当たらなかった。ただ、錆《さ》びた錨《いかり》や数種の漁具を使えば、なんとか穴は掘れそうだ。

見城とソニアは、そうした物を抱えて番屋の裏に出た。

水平線の一点がわずかに明るい。あと一時間もしたら、海原は朝焼けに染まるだろう。

見城は、あたりを見回した。

ソニアが言った通り、近くに民家は一軒もなかった。番屋の前は砂浜で、何隻かの朽《く》ちかけた木造船が飛び飛びに見える。

はるか遠くに防波堤が横たわっていた。番屋の背後は防風林だった。海岸道路は、防風林の向こう側にあるのだろう。

番屋の裏手の地面は砂混《ま》じりで、割に掘りやすい。

見城は錨や漁具を使って、穴を掘りつづけた。ソニアが板切れで懸命に土を掻《か》き出す。

二人とも、たちまち汗みずくになった。

深さ六十数センチの穴を掘るのに、一時間ほどかかった。いつしか朝の光に包まれていた。

見城の両方の太腿は、六カ所の傷口から噴《ふ》き出した血でぬめっていた。脚《あし》を伝った血の糸は、ソックスの中まで伸びていた。踵《かかと》を踏み下ろすたびに、湿った音がする。

「二人で死体をここまで運びましょ？」

「おれひとりで何とかなるだろう」

見城はソニアに言って、番屋の中に戻った。

古い漁網《ぎょもう》を床一杯に拡《ひろ》げ、足でセルジオの遺体を真ん中のあたりまで転がす。見城は漁網で死体を包み込み、外まで引きずり出した。それほど骨は折れなかった。

漁網ごと即席の墓穴に亡骸《なきがら》を落とし、見城とソニアは土を掛けた。

ソニアが枯枝《かれえだ》を二本拾い、ヘアバンドを使って十字架をこしらえた。

盛られた土の中央に十字架が突き立てられた。ソニアはひざまずき、母国語で何か祈りはじめた。その横顔は透明で美しい。

見城は死者を悼《いた》む気持ちにはなれなかった。

番屋の横に駐《と》めてあるパジェロに歩み寄った。セルジオが乗っていたレンタカーだ。

見城は運転席に乗り込み、グローブボックスを開けた。車検証とレンタカー会社のパンフレットしか入っていなかった。エンジンキーは差し込まれたままだった。

見城は煙草をくわえた。火を点けようとしたとき、ソニアが中腰で駆けてきた。

「いま、海岸道路から旧型のベンツがこっちに降りてきたよ。男が二人乗ってた。どちらも、やくざみたいだった」

「わかった。もう喋《しゃべ》るな」

見城は火の点いていないロングピースを床《フロア》に投げ捨て、すぐさま車を降りた。ソニアの手を引き、番屋の裏に走り入った。

建物に沿って、横に移動する。二人は番屋を回り込み、浜辺側に出た。

ちょうど番屋の真ん前に、黒いベンツが停まったところだった。ベンツを降りた二人組は、どう見ても堅気ではない。

助手席にいた三十三、四歳の男は、短機関銃《サブマシンガン》を手にしている。

ドイツ製のＭＰ５Ｋだ。全長三十数センチで、重量は二キロと軽い。発射速度は毎分九百発だ。コンパクトなことから、欧米では要人警護の際《さい》に用《もち》いられている。

運転席から降りた丸刈りの男は二十六、七歳だった。武器は手にしていない。

丸刈りの男が、ひとりで番屋の中に入っていった。短機関銃を構えた男は、番屋の羽《は》目板《めいた》にへばりついた。

「防風林の中に隠れろ。何があっても出てくるなよ」

見城はソニアに言った。

「男たちは誰なの？」

「断定はできないが、セルジオを雇った奴が差し向けた刺客だろう。あいつらはセルジオが任務を遂行したことを確認したら、始末しろと命じられてたんだと思うよ」

「それ、フェアじゃないね。セルジオは利用されたことになる」

「殺しの依頼人はセルジオにおれを片づけさせた後、最初っから彼を始末させる気だったんだろう」

「汚いよ、それ」

「確かにな。しかし、卑怯《ひきょう》な悪党どもの考えそうなことだよ。それより、早く防風林の方に戻れ」

「あなた、どうするの？」

「あの二人をやっつけて、殺しのクライアントの名を吐かせる」

「それ、危険ね。あなた、男たちに撃ち殺されるかもしれないよ」

「心配するな。おれは荒っぽいことには馴《な》れてるんだ。早く行くんだ！」

「あなたのこと、神さまにお願いするよ」

ソニアは心配顔で言い、防風林の方に引き返していった。ためらいがちな足取りだった。

見城はサイレンサー・ピストルをベルトの下から引き抜き、スライドを静かに滑らせた。初弾が薬室《チャンバー》に送り込まれる音が小さく響いた。

少し待つと、丸刈りの男が番屋から走り出てきた。

「高垣《たかがき》さん、なんか変ですぜ。セルジオも獲物もいねえんですよ。床に血溜《ちだ》まりがあるだけで……」

「セルジオが仕事を片づけて、どこかに行っちまったようだな。くそっ！　ひと足遅かったな」

「兄貴、そうじゃねえと思いますよ。セルジオが乗ってたパジェロは残ってますから」

「ええっ。それじゃ、セルジオの野郎が反対に見城って奴に撃《ハジ》かれて、どこかに連れていかれたのかもしれねえな」

「そうなんだと思います」

「ドジな殺し屋《ヒットマン》だぜ」

高垣と呼ばれた男が舌打ちし、先に番屋の中に駆け込んだ。丸刈りの男が後に従う。

見城はマカロフPbを握りしめ、二人を忍び足で追った。

二人組は腰を折って、血溜まりを覗《のぞ》き込んでいる。ともに後ろ向きだった。

「物騒《ぶっそう》な物を足許に置けっ」

見城は声を張った。

高垣が短機関銃《サブマシンガン》を腰撓《だ》めに構え、体ごと振り返った。見城は身を伏せた。ＭＰ５Ｋから九ミリ弾が連射された。セレクターは全自動《フルオート》に入っているにちがいない。

銃弾が唸《うな》りをあげながら、頭上を疾駆《しっく》していった。後方の柱に弾《たま》がめり込む音が断続的に聞こえた。

見城は寝撃ちの姿勢《プローン・ポジション》で、二人の男の腹部を撃ち抜いた。

男たちは体をくの字に折り、そのまま後方に倒れた。短機関銃は弾倉が空になるまで、九ミリ弾を吐きつづけた。梁《はり》や柱に着弾した。ガラスの浮標《ブイ》も砕け散った。

空薬莢《からやっきょう》が雹《ひょう》のように床板を叩いた。硝煙がたなびき、厚い煙幕を張る。

見城は起き上がって、二人組に歩み寄った。

丸刈りの男が肘《ひじ》で体を起こし、懐を探《さぐ》った。見城は男の右腕に銃弾を埋めた。

男の右手から、水平二連式のデリンジャー拳銃《けんじゅう》が落ちた。長さ六センチほどの箱の先端から、ごく短い銃身が突き出ている。

引き金は球形《きゅうけい》だ。それをフックから外せば、特殊弾が発射する仕組みになっていた。

おそらく手製の護身銃だろう。

見城は、丸刈りの男の右肩を撃った。

男が仰向けに引っくり返り、横向きになった。見城はマカロフで二人を威嚇《いかく》しながら、デリンジャーを拾い上げた。

「こいつは、ハンドメイドだな?」

「そ、そうだよ」

先に口を開いたのは高垣のほうだった。丸刈りの男は唸りつづけていた。

「このデリンジャー、貰っとくぜ」

見城は特殊拳銃を上着のポケットに突っ込んだ。そのとき、高垣が問いかけてきた。

「あ、あんた、セルジオ佐々木を殺《や》っちまったんだろ？　そのマカロフは、あいつが持ってた拳銃《ドウグ》だからな」

「ああ、セルジオはくたばったよ。おまえら、セルジオを片づけに来たんだなっ」

「………」

「誰に頼まれた？『山藤』の矢内か、新堀組の御園にセルジオを始末しろって命じられたんだなっ」

「なんの話をしてんだよ？」

「手間かけさせやがる」

見城は高垣に歩み寄り、無造作に両方の膝頭《ひざがしら》を撃ち抜いた。少しもためらわなかった。

高垣が怪鳥《けちょう》じみた声を迸《ほとばし》らせ、体を大きく左右に揺すった。それから四肢《しし》を縮め、長く唸った。

「もう兄貴を撃たねえでくれ」

丸刈りの男が震えた声で訴えた。

「誰に頼まれたんだ？」

「『山藤』の社長だよ。矢内さんに頼まれたんだ。うーっ、痛《いて》え！」

「矢内は、セルジオ佐々木がおれの口を割らせてから、奴を殺《や》れって言ったんだな？」

「そ、そうだよ」

「おまえら、どこの組の者だ？」

「関東義友会戸山組だよ」

「新堀組じゃないのか？」

「戸山組だよ。うーっ、痛みがひどくなってきやがった」

「矢内は何を手に入れたがってるんだ？　音声データか、画像データだな」

「知らねえよ。矢内社長は高垣の兄貴に『見城が国分利香から預かってる物の隠し場所を吐いたことを確認してから、セルジオ佐々木を消すんだぞ』と言っただけなんだ」

「そうかい。参考までに、おまえの名前を教えてもらおう」

「楠《くすのき》ってんだ。戸山組の舎弟頭補佐だよ」

「そこまで訊いちゃいない」

見城は冷笑し、楠と名乗った男の両膝を残弾で撃ち抜いた。

丸刈りの男が転げ回りはじめた。見城はハンカチでサイレンサー・ピストルの指紋を神経質に拭《ぬぐ》って、すぐ番屋を出た。裏手の防風林に走り入ると、松の大木の陰からソニアが飛び出してきた。

「あなた、怪我は？」

「無傷だよ」

「よかった。それで、さっきの男たちは？」

「やっぱり、セルジオを殺しに来た奴らだったよ。しかし、もう心配しなくてもいい。奴らは、もう追ってこないさ」

「あなた、あの男たちを射殺したの？」

「殺しちゃいない。二人とも動けなくしただけだよ。奴らが乗ってきたベンツを借りよう。旧型だが、パジェロよりは乗り心地がよさそうだ」

見城はソニアの肩に腕を回した。

ソニアの髪は少し小便臭かった。タオルかハンカチで拭っただけでは、セルジオの尿の臭《にお》いは消えなかったのだろう。

どこかで、ソニアにシャワーを浴びさせてやりたい。

見城はそう思いながら、ブラジル美人を黒いベンツに導いた。イグニッションに鍵《キー》は差し込まれたままだった。二人はベンツに乗り込んだ。製造されてから十年前後は経《た》っていそうだが、エンジンは一発でかかった。

見城はベンツをUターンさせ、スロープを登った。防風林の間を通り抜けて、海岸通路を南下しはじめる。

十キロほど走ると、右手に小さな駅舎が見えてきた。常磐線《じょうばん》の坂元駅だった。

「わたし、あの駅から電車に乗る。どこに行くか、電車の中で考えるわ」

ソニアが言った。

「急ぐ旅じゃないんだ。そう慌《あわ》てて電車に乗ることもないじゃないか。モーテルかどこかで少し休もう」

「えっ、モーテル!?」

「勘違いするな。急にそっちを抱きたくなったわけじゃない」

「それなのに、どうして？　わたし、あなたの考えてること、わからないよ」

「シャワーを浴びてから、電車に乗れってことさ」

「わたし、おしっこ臭《くさ》い？」

「ちょっとな」

「ごめんなさい。タオルで髪の毛をごしごし拭《ふ》いたんだけど……」

「気にすることはないさ。おれも、血塗れの腿《もも》を洗いたいんだ」

「わかったわ。一緒にモーテルに行きましょ」

「よし、話は決まりだ」

見城は速度を上げた。

相馬港《そうまこう》の少し手前に、モーテルがあった。安っぽい建物だった。空室のランプが明滅している。二人はモーテルの一室に落ち着いた。

ダブルベッドの横には、大型テレビとカラオケ機器が置かれている。小型冷蔵庫もあった。

「先にシャワーを使えよ」

見城はソニアに言って、ラブチェアに腰かけた。

ソニアは素直に浴室に入った。見城は背凭《せもた》れに深く体を預け、ゆったりと煙草を喫《す》った。気が緩《ゆる》んだせいか、ニードル・ナイフで刺された傷が疼《うず》きはじめた。チノクロスパンツは血糊で汚れていた。

二十分ほど経過すると、備えつけのバスローブを着込んだソニアが浴室から出てきた。

「わたし、とてもさっぱりした。ついでにブラウスやショーツも洗っちゃった」

「そう。何か飲んでてくれ」

見城はバスルームに足を向けた。チノクロスパンツの布地は、傷口にへばりついている。引き剝《は》がすとき、少し痛みを感じた。

湯を傷口に当てると、かなり沁《し》みた。また、血が出はじめた。

洗面台には、洗顔用のタオルが二人分用意されていた。どちらも未使用だった。

見城は二枚の乾いたタオルを両腿に巻きつけ、バスローブを素肌に羽織《はお》った。浴室を出ると、ソニアはベッドの上に寝そべっていた。仰向けだった。

「傷、どう？」

「少し痛むが、どうってことないさ。そっちは、どうなんだ？」

「前も後ろも、ひりひりしてる」

「そうだろうな」

「でも、いいのよ」

「え？」

「わたしを抱きたければ、抱いても……」

「妙な気遣いは無用だ。ブラウスが生乾《なまがわ》きになるまで、少し寝《やす》もう」

「あなた、紳士ね」

「きょうはな」

見城はソニアの横に仰向けになって、彼女の肩を軽く抱き寄せた。そのまま、二人は夕方まで眠りを貪《むさぼ》った。

ソニアが身繕《みづくろ》いしてから、唐突に言った。

「わたし、あなたと一緒に東京に行く」

「東京に知り合いがいるんだな？」

「友達いるけど、行くのは東京入管局ね。わたし、オーバーステイなの。一度、ブラジルに帰るよ」

「そのほうがいいかもしれないな。ついでだから、東京入管まで送ってやろう」

見城は室内の自動支払機で休憩料金を払い、ソニアとベンツに乗り込んだ。

モーテルを出ると、国道一一五号線を走った。福島市に入り、福島西ＩＣから東北自動車道に乗り入れる。

東京に着いたのは八時半ごろだった。見城はソニアと夕食を摂《と》り、港区港南にある東京入管局の前まで送り届けた。

「日本では、あまり楽しい思い出なかったね。でも、あなたのことは絶対に忘れないよ。親切にしてくれて、ありがとう」

ソニアは見城の頬に軽くキスすると、車を降りた。

見城は手を振って、ベンツを走らせはじめた。自分のＢＭＷは、目白台の総合病院の近くに駐めてある。

目白台に差しかかったとき、携帯電話が着信音を奏《かな》ではじめた。

「おい、連絡が遅《おせ》えじゃねえか。セルジオは始末したんだろうな？」

男の声が流れてきた。

見城は息を呑《の》んだ。声の主は、紛れもなく新堀組の御園だった。殺しの依頼人は、『山藤』の矢内社長ではなかったらしい。

「なんで黙ってやがるんだっ。セルジオは、見城の口を割らせたんだな？」

御園が確かめた。

見城は作り声で、ええ、と短く応じた。

「おまえ、高垣じゃねえな。楠の声でもねえ」

「高垣ですよ」

「てめえ、誰なんだ!?」

御園が一拍置いて、いきなり電話を切った。

矢内が御園を介して、セルジオ佐々木を葬らせようとしたのか。あるいは、御園自身が二人の男を海辺の番屋に向かわせたのか。

見城はベンツを路肩に寄せ、グローブボックスから車検証を取り出した。車の所有者は、新堀組の企業舎弟名になっていた。高垣と楠は戸山組の組員と名乗っていたが、新堀組の者なのだろう。御園と矢内が共謀して、一連のシナリオを練ったのかもしれない。

3

黒いベンツを乗り捨てる。

目白台の裏通りだ。数十メートル先の路上にＢＭＷが見える。

見城は自分の車に歩み寄った。

タイヤの空気は抜かれていない。車体の下を覗き込み、ライターの炎で点検する。妙な細工はされていなかった。

ここまで来たついでに、矢内をもう一度締め上げてみる気になった。

見城は表通りに足を向けた。

矢内が入院中の総合病院は表通りに面していた。その通りに出ると、警察の車が連《つら》なっていた。新聞社やテレビ局の車も目に留《と》まった。

総合病院の玄関前には、眩《まばゆ》いライトを浴びたテレビ局の記者がいた。病院内で何か事件が起こったのだろう。

見城は総合病院に近づいた。

だが、制服警官に阻《はば》まれて玄関の前までは進めない。周《まわ》りには野次馬が群れていた。院内で殺人事件があったという声があちこちで囁《ささや》かれているが、詳しいことはわからなかった。見城は報道関係者たちの顔を一つずつ眺めていった。幸運にも、毎朝日報の唐津が事件現場にいた。

見城は大声で唐津の名を呼んだ。しかし、唐津には見城の声は聞こえなかったらしい。

「おたく、プレスの人？」

初老の巡査が問いかけてきた。とっさに見城は新聞記者に化けることにした。

「ええ、毎朝日報です」

「記者証を見せてよ」

「うっかり社に忘れてきちゃったんです。申し訳ありませんが、毎朝日報の唐津を呼《う》ん《ち》でもらえませんか」

「ここを離れるわけにはいかないんだ」

「弱ったな。緊急連絡がしたいんですが、唐津は携帯電話の電源を切ってるんですよ」

「仕方ないな。いいよ、通っても」

制服警官が言った。

見城は謝意を表し、報道関係者の間を擦《す》り抜けた。呼びかける前に、唐津が見城の姿に気づいた。

「神出鬼没《しんしゅつきぼつ》だね、おたくは。まさか毎朝日報東京本社の前で張り込んでたんじゃないだろうな」

「たまたま通りかかったんですよ」

「一応、そういうことにしといてやるか」

「殺人《コロシ》があったようですね」

見城は話を逸《そ》らした。

「ああ。入院中だった『山藤』の矢内社長が特別室で撃ち殺されたんだ」

「ええっ」

「犯人《ホシ》は矢内の顔面を撃った後、逃走中に逮捕《パク》られた。元関西の極道で、堺貴大《さかいたかひろ》、三十六歳だ」

「で、どこまで自供《ゲロ》してるんです？」

「完全黙秘してるそうだ、動機についてはな。二時間ぐらい前に、阿佐谷北の外科医院に入院してた関東義友会新堀組の水野って若頭も顔面を撃たれて死んだよ」

唐津が言った。見城は驚きの声をあげそうになったが、なんとか抑《おさ》えた。

「凶器はどちらもコルト・ガバメントで、阿佐谷北の外科クリニックでも堺は看護師たちに顔を見られてる。両方とも、堺の犯行《ヤマ》に間違いないだろう」

「矢内社長と水野って奴は、なぜ殺《や》られたんでしょう？」

「おおよその見当はついてるんだろう？　おたくは彦坂の事件《ヤマ》にも、だいぶ関心を持ってたようだからな」

「唐津さん、おれは国分利香の事件の絡《から》みで彦坂のことを少し知りたいと思っただけですよ。特別な関心なんかありません」

「まあ、いいさ。ところで、女社長の事件《ヤマ》の真相に迫れたのか？」

「それが空回りばかりしてるんですよ。唐津さんは、もう利香を殺した奴の見当はついてるんでしょ？」

「おっと、気をつけないとな。もうその手は喰《く》わないぞ。おたくは、なかなかの喰《く》わせ者《もの》だからな」

「そう身構えないでくださいよ」

「いやいや、警戒しないとな。それはそうと、なんだか疲れた感じだね。あれっ、チノパンが汚れてるな。殺人犯と格闘でもしたんじゃないのか？」

「そんなんじゃありませんよ」

「おれの目は節穴じゃないぞ。おたくのＢＭＷが、きのうから裏通りに路上駐車しっ放しだってことは近所で聞き込んでるんだよ。きのうの晩から、どこで何をしてたんだい？」

「おれの車が路上に駐《と》めっ放しだったなんて話は何かの間違いですよ。ついさっき、駐めたばかりですからね」

「ついさっきだって!?」

「ええ。この先に、学生時代の友人が住んでるんですよ。そいつのマンションに行くつもりだったんです。そのマンションの前に車を駐めておくと、一階の入居者がいつも文句を言うんですよ。それで、裏通りに置いてきたんです」

「例によって、いつものおとぼけか。おたくは、煮《に》ても焼いても喰《く》えない男だな」

唐津が呆《あき》れ顔で言った。

「こないだみたいに気まずくなるのは避けたいなあ」

「そうだな。もう事件の話はよそう。見城君、友達んとこに行くんだろ？　あんまり待たせちゃ、相手に悪いぜ。えへへ」

「その笑いには引っかかるなあ」

「いいから、早く行ってやれよ。この通りの先にマンションはなかったと思うけどな。はっはは」

「少し奥まった場所に建ってるんですよ。表通りからは見えないんです」

「そういうことにしといてやろう」

「まだ信じてもらえないのか」

「いいから、行けよ」

「それじゃ、迂回《うかい》して友達のマンションに行きます」

見城は澄ました顔で言い、唐津に背を向けた。初老の制服警官の横を抜けて、人垣を掻《か》き分ける。

ＢＭＷのエンジンを始動させたとき、懐で携帯電話が鳴った。手早く取り出す。

「おれだよ。やっと捕まったな。昨夜《ゆうべ》から、どこの女といいことしてたんでえ？」

百面鬼が一気に喋った。

見城は前夜の出来事をつぶさに話した。さらに少し前に、矢内と水野がそれぞれ病室で射殺された事実を知ったことも語った。

「そうなんだよな。てっきり『山藤』の矢内が黒幕で、御園は参謀だと思ってたんだが」

「……」

「二人とも参謀格にすぎなかったのかもしれないね。御園が共犯者の矢内を裏切《レッ》ったということじゃなく、二人の背後にいる首謀者がサラ金の帝王を葬らせたんじゃないのかな」

「矢内と御園はアンダーボスで、ビッグボスは別人だってことかい？」

「ああ、そう。インテリやくざの御園は、アメリカの国際石油資本《メジャー》の手先なのかもしれないんだ」

「何か根拠があるようだな」

「きのう、御園はアメリカ人らしい中年男と飯田橋駅近くのシティホテルの鮨屋《すしや》で親しげに冷酒を酌《く》み交わしてたんだよ。それから、御園はどこかの会社の株を買い漁《あさ》ってるんだ。多分、民族系の石油会社の株だろう」

「石油会社って言えば、『石光興産』の社員が去年の七月に失踪《しっそう》したままだったんだが、その男の白骨死体がきょうの午前中に丹沢の山ん中で発見されたんだよ」

　百面鬼が言った。

「『石光興産』の社員だった男が行方不明だったのか」

「そうだったんだよ。井森朋史《いもりともふみ》、三十六歳だ。発見現場の近くの土中から、井森の運転免許証が出てきたんだ。それから、歯の治療痕《あと》から被害者《マルガイ》が井森だってことが判明したんだよ」

「そう」

「見城ちゃん、その井森って死人《ホトケ》は国分利香の従兄《いとこ》だったんだ」

「なんだって⁉」

「その情報をキャッチしたときは、おれもびっくりしたぜ。見城ちゃん、何か見えて来ねえか？」

「去年の七月に井森という奴が失踪し、九月末に従妹の国分利香が『山藤』の契約モニターになって、翌月から月々三百万円の謝礼を受け取ってる」

「ああ、そうだな。井森は何か不正の事実かビッグ・スキャンダルを知って、そのことを従妹の利香に話したんじゃねえかな。それで、その証拠となる物を従妹に預けた」

「考えられるね。そうだとしたら、井森は自分が殺されることになるかもしれないという予感を覚えてたにちがいない」

「そうなんだろうよ。国分利香は従兄の井森が急に消息を絶《た》ったことを知って、殺されたと直感した。それで、従兄を消した人物を脅迫しはじめたんじゃねえの？」

「百《どう》さんの読み筋《すじ》通りだとすれば、井森朋史は『山藤』の矢内社長の弱みを握ったことになるね」

「そうだな。井森は何らかの方法で、矢内が大物政治家、暴力団の親分衆、芸能人、プロ野球のスター選手なんかから『山藤』の運転資金を集めてたことを知ったんじゃねえのか。それから、彦坂にいろんなダーティー・ビジネスをやらせてたこともな」

「百《どう》さん、ちょっと待ってくれないか。井森朋史は『石光興産』の社員だったんだよ。何年も前から石油業界が低迷してるからって、井森がサラ金の世話になるほど生活に困ってたとは思えない」

「そうか、そうだよな。そこそこの給料は貰ってただろうし、まだ井森は独身だったらしいんだよ」

「それなら、井森が『山藤』から借金してた可能性はゼロに近いんじゃないか」

見城は言った。

「そうだろうな。平凡なサラリーマンだった井森が、経済やくざみてえな彦坂と個人的なつき合いがあったとも思えねえ。となると、自分の勤めてた石油業界の何か悪事を知ったのかもしれねえな」

「そう考えたほうがよさそうだね。労務コンサルタントを自称してる御園は過去一年間に、およそ五百人の社員を『石光興産』から追い出してる。井森は、御園が汚い手で約五百人の社員を退職に追い込んだことが赦《ゆる》せなかったのかもしれないな。おそらく、彦坂も社員の追い込みに手を貸してたんだろう」

「井森は同僚たちが次々に罠《わな》に嵌《は》められたことに義憤を覚えて、こっそり調査に乗り出した。そして、御園の陰謀を知ったってわけだな？」

「多分、そうなんだろうね。で、井森が先に永久に口を塞《ふさ》がれ、彼から何か不正の証拠物件を預かったと思われる利香も殺されることになったんだろう。それとも一つ、御園は矢内に頼まれて、民族系石油会社の株を買い漁ってた。その目的は株のプレミアム稼ぎではなく、会社そのものの買収とも考えられる」

「つまり、矢内が石油会社を買収して、オーナーになることを企んだ？」

「そう。だが、主犯格だと思われた矢内が今夜あっさり消されてしまった。堺って殺し屋《ヒットマン》を差し向けたのは御園だろうが、関東義友会の三次団体にすぎない新堀組の組長が株の買い占め資金を調達できるわけない」

「それで、御園を操《あやつ》ってる黒幕は国際石油資本《メジャー》のどこかではないかと睨《にら》んだわけか」

百面鬼が確かめた。

「そうなんだ。そのうちアメリカのエクソンとモービルが合併して〝超メジャー〟が生まれるだろう。英蘭系のロイヤル・ダッチ・シェルは、原油生産量でエクソンモービルに抜かれる形になるな。英米系のＢＰアモコだって、エクソンモービルは脅威になるはずだよ」

「見城ちゃん、よく勉強してるな。おれ、石油産業のことはよくわからねえんだ。ガソリンの値が下がって、業界全体が不振だってことぐらいはわかってるけど」

「別に詳しくはないんだ。石油業界がサウジアラムコといったサウジアラビアの国営石油会社も巻き込んだ世界規模の大競争時代に突入したって経済記事を新聞で読んだことがあるだけさ」

「それにしても、たいしたもんだよ。おれは、めったに新聞なんか読まねえ。産油国の国営石油会社まで買収に乗り出してんのか」

「そうなんだ」

「日本の石油業界も、日本石油と三菱石油が合併するみてえだから、何かと大変なんだろうな」

「民族系石油会社は生き残りをかけて、どこも必死だろうね。民族系全社が統合すれば、外資系の攻勢も躱《かわ》せるだろうが、それぞれ思惑《おもわく》があって現実には一本にまとまることは不可能だ。同じ民族系会社と合併できないとなると、当然、外資系の石油会社に狙われることになるだろう」

　見城は新聞で得た知識を披露した。

「御園が会った大柄の白人男が国際石油資本《メジャー》の人間だとしたら、『石光興産』を乗っ取る気なんじゃねえのか」

「ああ、おそらくね。強引なやり方で買収する気なんだろうな。それはそれとして、どうも腑《ふ》に落ちないことがあるんだ」

「どんなことが？」

「井森は、矢内と御園が外資系の石油会社かオイル・マフィアの手先であることを突きとめたとしたら、当然、陰謀の黒幕まで調べ上げると思うんだ。そして、そのことを従妹の利香にも話すんじゃないかな」

「話すだろうよ、それは」

「なのに、利香は手先にすぎない『山藤』から、計千八百万円を脅し取ってる。それが、どうも釈然としないんだ」

「いずれ、女社長は黒幕からもごっそり銭《ぜに》を寄せる気だったんじゃねえか。けど、それを実行する前に消されちまった。あるいは、黒幕が女社長に強請《ゆす》られたって証拠を何も残したくなくって、番頭格の矢内を矢面《やおもて》に立たせたっていうか、ダミーにしたんじゃねえのか」

「なるほど、そういうことなのかもしれないな。利香にしてみれば、ワンクッション置かれても、ちゃんと自分の口座に金が入ってくればいいわけだからね」

「ああ。その白人男を松《まつ》が尾行したんだろ？」

「そうなんだ」

「松が、その男の正体を突きとめたかもしれねえぞ。奴に電話してみろや。必要なら、おれは神奈川県警から井森朋史に関する情報を集めてやらあ」

百面鬼が電話を切った。

見城はいったん通話終了ボタンを押し、すぐに松丸の携帯電話を鳴らした。ややあって、通話可能になった。

「見城さん、何があったんす？　何十回も携帯を鳴らして、自宅にも電話したんすよ。連絡がつかないんで、おれ、心配してたんす」

「そいつは悪かったな。昨夜《ゆうべ》は、敵に取《と》っ捕《つか》まってしまったんだ」

見城は経緯《いきさつ》を手短に話した。

「そりゃ、大変だったっすね。そのソニアって女が味方になってくれなかったら、いまごろ見城さんは……」

「ああ、セルジオ佐々木に殺《や》られてただろうな。それはそうと、例の白人男の尾行はうまくいった？」

「ええ、相手の正体を突きとめました。あの男はジョセフ・マッケンジーというアメリカ人で、英会話学校の先生っす。御園の子供がマッケンジーの個人レッスンを受けてるだけみたいっすね。マッケンジーの日本人の奥さんにそれとなく訊いてみたんすけど、アメリカの石油関係の会社には知り合いはまったくいないって話でしたよ」

「そうか。どうもおれの勘が外れたようだな。松ちゃん、悪かったな」

「どうってことないっすよ。おれに手伝えることがあったら、いつでも声をかけてください」

松丸の声が途切れた。

殺された井森朋史の周辺を探《さぐ》れば、何か摑めるかもしれない。百面鬼に情報を集めてもらって、明日から動き出すことにした。

見城は電話を切った。

4

足の踏み場もない。

部屋の床は、衣服、寝具、書籍などで埋まっていた。井森が借りていた1DKのマンションだ。マンションは東急目黒線《めぐろせん》の武蔵小山《むさしこやま》駅から五、六百メートル離れた場所にある。

見城は手の甲で、額の汗を拭《ぬぐ》った。

白い布手袋を嵌《は》めていた。一時間ほど前に万能鍵を使って、この部屋に忍び込んだのだ。しかし、録音データや映像データの類《たぐい》は見つからなかった。きのう、捜査当局がそうした物を持ち去ったのだろうか。

見城は一瞬、そう思った。

だが、その可能性は薄そうだ。井森が自分に魔手《ましゅ》が迫っていることを感じ取っていたとすれば、誰かの悪事を暴《あば》く証拠品をいつまでも手許《てもと》に保管しておくはずがない。

そのことを裏づけるように、誠仁会の日吉が国分利香のオフィスに放火した。だが、利香も従兄から預かったと思われる物を隠し持ってはいなかった。彼女の実兄の話によると、銀行の貸金庫を利用している様子はなかったらしい。

しかし、利香が井森から強請の材料を入手したことは間違いないだろう。現に彼女は、『山藤』から千八百万円を自分の銀行口座に振り込んでもらっている。モニターの謝礼にしては、あまりにも多額だ。

いったい利香は、録音データや映像データ類をどこに保管したのか。調布の実家に隠した可能性はなさそうだ。

そこまで考えたとき、見城は利香の仮通夜と本通夜の席で顔を合わせた伊勢倫子のことを思い出した。利香と倫子は、かなり親しかったようだ。ひょっとしたら、利香は従兄の井森から預かっていた物を伊勢倫子に渡したのではないか。

見城は大急ぎで散らかった室内を片づけはじめた。

死んだ井森の部屋を出たのは午後三時過ぎだった。見城はＢＭＷに乗り込むと、すぐに利香の実家に電話をした。

受話器を取ったのは利香の母親だった。見城は利香の知人を装い、伊勢倫子の自宅の電話を教えてもらった。

いったん通話終了ボタンを押し、倫子の家に電話をかける。当の本人が受話器を取った。

見城は名乗って、早口で問いかけた。

「あなた、利香から何か預かっていませんか？」

「何かって？」

「たとえば、音声データとか映像データといった種類の物です」

「どうして、わかったの!?」

「やっぱり、あなたに預けてたのか。預かったのはどっちなんです？」

「ビデオデータです。ＣＣＤカメラごと預かったんですよ」

「何が映ってました？」

「男の人たちがレストランの個室席《コンパートメント》で密談してる映像が……」

「データを預かってることをなんで黙ってたんです？」

「わ、わたし、あの映像を使って、利香が何か犯罪めいたことをしてるんじゃないかと直感したので、怖《こわ》くなったんです。ううん、それだけではありません。利香を護《まも》ってあげたかったんです。たとえ彼女が恐喝めいたことをしてたとしても、利香はかけがえのない友人だったの。そんな彼女を警察に売り渡すようなことはできないわ。だから、主人にも利香のお兄さんにも預かったビデオデータのことは言わなかったんです」

「その映像を観《み》せてくれませんか」

「それは、ちょっと……」

　倫子が難色を示した。

「故人の名誉を傷つけるようなことはしません。それは約束します。ただ、利香や彼女の従兄の井森朋史さんを葬らせた首謀者を知りたいだけなんですよ」

「えっ、利香の従兄の井森さんも同一人物の命令で殺されたんですか!?」

「ええ、おそらくね。あなたが預かった映像は、井森さんが盗撮したと考えられるんです」

「きのう、井森さんの白骨死体が丹沢の山の中で見つかったというテレビニュースを観て、びっくりしたの。利香を交《まじ》えて井森さんとは何度か食事をしたことがあるんです。それだけに、ショックが大きくて」

「あなたに、ご迷惑はかけません。ですから、映像を観せてもらいたいんです。電話番号から察すると、お宅は世田谷区内にあるようですね？」

「ええ、野沢《のざわ》二丁目です」

倫子が正確な所番地を告げ、目印になる建物を幾つか教えてくれた。

「いま、武蔵小山にいるんですよ。三十分前後で、お宅に伺《うかが》えると思います」

「警察には絶対に内緒にしてもらえますね？」

「もちろんです。それでは、後ほど！」

見城は電話を切り、慌《あわ》ただしく車をスタートさせた。

目黒本町、碑文谷《ひもんや》と抜け、環七通りに出る。駒沢《こまざわ》陸橋を越えると、間もなく右手に野沢の住宅街が見えてきた。倫子の自宅は造作なく見つかった。建売住宅らしい。同じような造りの欧風住宅が十棟ほど並んでいる。敷地は五十坪前後だろうか。

見城は伊勢家の生垣《いけがき》の横にＢＭＷを駐《と》め、門柱に歩み寄った。インターフォンを鳴らしかけると、玄関のドアが開いた。

現われたのは、花柄のホームドレスを着た倫子だった。化粧は薄かった。

「ほんの少し前に、子供を寝かしつけたところなんです。どうぞお入りください」

「失礼します」

見城は小声で言葉を返し、洒落《しゃれ》た玄関に入った。

通されたのは、玄関ホールに接した八畳ほどの応接間だった。大型テレビには、すでにCCDカメラが接続されていた。

画面に画像が浮かぶと、倫子はそっと部屋から出ていった。茶の用意でもするのか。

見城はモケットソファに腰かけ、画面を凝視した。レストランの個室で、『山藤』の社長だった矢内が六十年配の銀髪の紳士と向かい合っている。

銀髪の男には見覚えがあった。だが、すぐには思い出せなかった。矢内たちはワインを傾けながら、鴨肉《かもにく》を食べていた。

「御園君は、なかなか遣り手《やて》だね。こんなに早いペースでリストラをやってくれるとは思わなかったよ」

ロマンスグレイの男が嬉《うれ》しそうに言った。

「彦坂を手伝わせたのは正解でしたね。あの男はリストラ請負人ですので、いろいろテクニックを知っています。御園君だけでは、こうも事がスムーズには運ばなかったでしよう」

「そうかもしれないな。彦坂君にも感謝せんといかんね。彼はロシアのタラバ蟹《がに》を只《ただ》同然の値で大量に買い付け、それを大手水産会社に転売して儲《もう》けてくれてるんだから」

「ええ。それからロシアン・マフィアから買った麻薬や旧ソ連軍の銃器も、九州や沖縄の組織に売り捌《さば》いてくれてます。会社整理ではそれほど儲けてませんが、東日本生命の役員たちのセックス・スキャンダルはきちんと押さえてくれました」

「おかげで、きみは東日本生命から八百億円の運転資金を引っ張り出せた。無担保・無利子でな」

「社長、あの八百億円は『山藤』の事業には一円も遣《つか》ってません。そっくり例の会社の株の買い付け資金としてプールしてあります」

「きみの話をどこまで信じていいものか。昔から、矢内君は寝業師《ねわざし》だったからな」

「社長、そろそろわたしを全面的に信じてくださいよ。社長のお話を聞いたとき、わたしは私利私欲を棄《す》てて、ひと肌脱がせてもらう気になったのですから」

矢内が恩着せがましく言って、ワイングラスを持ち上げた。

「わかっとる、わかっとるよ。きみの俠気《おとこぎ》には感謝してるんだ。きみの協力がなかったら、株の買い占めも覚束《おぼつか》なかったろう」

「そう言っていただけると、苦労の甲斐《かい》があります」

「われながら、みっともない話だよ。十年前なら、自社で買収資金ぐらい何とかなったんだが、いまは一兆円以上の負債を抱え込んでるからな」

「社長、いまは辛抱の季《とき》ですよ。『コスモス石油』を買収すれば、『石光興産』は必ず業界トップに返り咲くでしょう」

「それを期待したいね」

銀髪の男が言って、鴨肉にナイフを入れた。

見城は、男が『石光興産』の市倉泰成《いちくらやすなり》社長であることを鮮明に思い出した。市倉は『石光興産』の創業者の孫で、経済界の趣味人として広く知られていた。文筆の才もあり、雑誌にちょくちょくエッセイを発表している。対談などもこなしているはずだ。

どうやら市倉社長は業界五位の『コスモス石油』を強引に買収し、生き残りを図りたいらしい。狙った同業者は国内ガソリン販売では、十二パーセント弱のシェアを保っていた。そんな『コスモス石油』を買収できれば、『石光興産』は民族系会社では最大手企業になる。

「買収資金の調達は、この矢内にお任せください。その気になれば、損保会社、大手都銀、地銀からも金は引っ張り出せます。どんな偉いさんだって、弱点の一つや二つはありますからね。場合によっては、わたしの会社に運転資金を回してくれてる大物政治家や親分衆たちからも買収資金を出させますよ」

「政界や裏社会の首領《ドン》たちも、目じゃないってわけか。きみは度胸を据《す》えて逞《たくま》しく生きてるんだな」

「ええ、その通りです。わたしの親父《おやじ》は、しがない左官職人でした。貧乏人の子だくさんで、わたしは七人兄弟の末っ子だったんですよ」

「男ばかりだったね、確か」

「ええ、そうです。ですので、おっとり構えてたら、家でも食べる物にもありつけませんでした。食べ盛りの兄貴たちが弟のおかずや飯まで喰《く》っちゃうんですから」

「凄《すさ》まじい生活だったね」

「お坊ちゃん育ちの市倉さんには、想像もつかないと思います。二間《ふたま》しかない借家で、家族九人が折り重なって寝てたんですよ」

「苦労したんだな」

「生きることに精一杯で、自分が苦労してるとか、他人《ひと》より不幸だなんて思う余裕もありませんでしたよ。小学生のころから放課後は近所の米屋の配達をやって、中学生のときはテキ屋の手伝いをしてたんです。中卒で社会人になると、朝は新聞配達、昼はプレスエ、夜はキャバレーのボーイと働き通しでした」

　矢内が言った。

「そうして小金《こがね》を貯めて、学生相手のローン会社を興《おこ》したんだね？」

「いいえ、それはもっと後《あと》のことです。義務教育しか受けてない男がまともに働いても、まとまった金などできませんでした。それで開き直って、金になることはなんでもやりました。昔のことですから、裏ビデオなんかありません。街でエロ写真を売ったり、座《ざ》蒲団《ぶとん》売春の客引きをやったり、改造銃を売ったこともあります。そんなふうに捨身《すてみ》で生きてきたんですから、怕《こわ》いものなんかありませんでした」

「頼もしいね、矢内君は。その調子で買収資金をできるだけ多く集めて、御園君に『コスモス石油』の株をどんどん買わせてくれたまえ。それから、彦坂君には『コスモス石油』の経営陣のスキャンダルを押さえてもらってくれないか」

「わかりました。ところで、『コスモス石油』を買収した暁《あかつき》には、わたしの兄たちを非常勤の役員にしていただけますね。六人の兄たちは貧しさに圧《お》し潰《つぶ》されて、ちっともいい思いをしてこなかったんですよ」

「そういう話だったな」

「幸いにも、わたしは少しばかり成功しました。『山藤』のオーナー社長ですから、兄たち六人をわたしの会社の非常勤役員にすることはできるでしょう。しかし、それでは兄たちは嬉しくないでしょうし、プライドも傷つくにちがいありません」

「そうだろうね。わかった、約束は必ず守る。六人のお兄さんを当社の非常勤役員に迎えよう」

「よろしくお願いします」

「ああ。それにしても、きみは兄思いだね。子供のころは、食べ物もぶんどられたというのに」

「そういう恨みは忘れていませんよ。しかし、兄は兄です。極貧生活を味わってきた兄たちですから、せめて一度ぐらいは他人に羨《うらや》まれるような生活をさせてやりたいんですよ」

「案外、きみは古いタイプの男なんだね」

「ええ、浪花節のような生き方に憧れてます。恩のある方のためなら、とことん尽くします。その代わり、裏切られたときは執念深く仕返しをするでしょう」

「あまり脅さないでくれよ」

市倉が笑顔で言い、急に表情を曇らせた。

「社長、どうなさいました？」

「実は、ちょっと困ったことがあるんだ。御園君がうちの会社の無能社員たちを次々に退職に追い込んでくれるのはありがたいんだが、そのことで内部告発しそうな社員がいるんだよ」

「どういう社員なんです？」

「秘書室員の井森朋史という男なんだが、業界紙の記者に当社の不自然な早期退職を徹底的に調べてみろなんて智恵《ちえ》を授《さず》けてるらしいんだよ」

「少し鼻薬をきかせてみたら、いかがでしょう？　二、三百万の小遣いを井森という男のポケットに捩込《ねじこ》んでやれば、おそらく……」

「いや、そういう手は逆効果になりそうだな。井森は融通の利かない男なんだよ。あの男が、『コスモス石油』を乗っ取るために当社が人員削減で人件費を少しでも浮かそうとしてると知ったら、買収計画が頓挫《とんざ》しかねない。わたしは、どうもそれが気がかりでね」

「その井森という男は、妻帯者なんですか？」

「いや、確か独身のはずだよ。ちょっと孤独癖があって、社内の飲み会にはめったに出席しないそうだ。それで、独りでよく山登りをしてるという話だったな」

「その男は、山好きなんですか」

矢内は意味深長な笑いを浮かべた。

「きみ、何を企《たくら》んでるんだ？」

「単独の登山者なら、遭難したら、まず救《たす》からないですよね。足を滑らせて、沢に落ちて脚や腰の骨を折ったりしたら、もはや自力では這い上がれませんから。運よく山道をほかの登山者が通りかからなければ、やがて体力が尽きて死ぬことになるでしょう」

「井森を始末すべきだと言うんだね？」

「最悪の場合は、そういう手段もあると申し上げたんです」

「そうか、その手もあるね。どうせ井森を殺《や》ることになるなら、一日も早いほうがいいな。御園君のとこの若い者が誰か引き受けてくれんだろうか」

「市倉さんがダイレクトにその件を組長に頼むのは、避けたほうが賢明でしょう。折を見て、わたしから御園君に話しておきますよ」

「そうしてもらえると、ありがたいね。『コスモス石油』を買収してシェア率が伸びたら、きみの会社にどんどん運転資金を回してやろう。大いに儲けたら、イメージのいい新事業に乗り出すんだね」

「早くそういう日が来ることを願っています」

二人は高笑いをし、ゴルフ談義に耽《ふけ》りはじめた。

見城はソファから立ち上がって、映像を消した。椅子に腰を戻したとき、二人分のコーヒーを洋盆《トレイ》に載せた倫子が摺足《すりあし》でやってきた。

「もうビデオはご覧になりました？」

「ええ、観《み》せてもらいました」

「わたしは、ほんの少ししか観なかったんですよ。なんだか怖《こわ》い気がして、観つづけることができなかったんです」

「強欲な悪人どもの密謀なんか知らないほうがいいですよ。利香や井森さんを殺害させたのは、ビデオの二人です」

見城は言った。

「あの二人は何者なんですか？」

「消費者金融最大手の『山藤』の社長と民族系石油会社『石光興産』の社長ですよ」

「『山藤』の社長は確か入院先で……」

倫子が言い澱《よど》み、卓上に二つのコーヒーを置いた。

「ええ、射殺されました。おそらく石油会社の社長が、サラ金会社の社長を誰かに殺《や》らせたんでしょう」

「なぜ、仲間割れをすることになったのかしら？」

「仲間割れというよりも、石油屋は最初っからサラ金屋を利用して、ご用済みになったら、始末させるつもりだったんでしょう。そのために石油屋は、サラ金屋の手下だった暴力団の組長を予《あらかじ》め抱き込んでたようです」

「まるでどこかの国のマフィアみたいね」

「そうですね。ところで、映像データを少しの間、お借りできませんか。わたしなりに、利香と井森さんを死なせた奴らを裁いてやりたいんです」

「ええ、どうぞ。わたしが預かってても、有効な使い方はできそうもありませんので。映像データを警察に届けたら、利香の犯罪も暴《あば》くことになるでしょ？」

「そうですね」

「道義的には悪いことかもしれないけど、やっぱり親友だった彼女の名誉を汚すようなことはしたくないんです」

「利香は、いい友達を持ったな」

見城は呟き、煙草をくわえた。

倫子がコーヒーカップに手を添えながら、急にうつむいた。すぐに肩が小刻みに震えはじめた。嗚咽《おえつ》を堪《こら》えている様子が痛ましかった。

見城は視線を外して、ライターを鳴らした。

エピローグ

恐怖に満ちた叫び声が反響した。

ブリーフ一枚の御園の体が、擂鉢型《すりばち》の飼育槽《しいくそう》の斜面を少しずつ滑りはじめた。秩父連《ちちぶれん》峰《ぽう》の麓《ふもと》にある民間のスネークセンターである。

コンクリートの槽ごとに、蝮《まむし》、ガラガラ蛇、コブラ、ハブなどが飼われていた。スネークセンターは蛇の毒液を定期的に採取し、全国の大学病院や免疫《めんえき》研究所などに売っている。所長は見城の旧《ふる》い知人だった。

伊勢倫子から映像データを借りたのは五日前のことだ。

その翌日から、見城は相棒の百面鬼とともに御園を尾《つ》けはじめた。しかし、御園は常に数名の用心棒を従えていた。

見城たちは粘り強く御園を追いつづけた。そして今夜、愛人のマンションにいた御園を拉致《らち》することに成功したのだ。

「もう少し下げるぜ」

百面鬼が両手の力を少し緩《ゆる》めた。太いロープが二メートルほど下がった。

両手首を縛られたインテリやくざが、また怯《おび》えた声をあげた。御園の三メートルほど下には、無数のコブラがとぐろを巻いている。

「おれは蛇が大っ嫌いなんだ。早く引っ張り上げてくれーっ」

「喚《わめ》くな！」

見城は御園を怒鳴りつけ、掌《てのひら》に載せたＩＣレコーダーの録音スイッチを入れた。

スネークセンターの当直の職員は、七キロほど離れた町のスナックで飲んでいるはずだ。所長の許可を得て、当直の青年を追っ払ったのである。

「国分利香は、矢内と市倉の密談音声で揺さぶりをかけたんだな？」

「そ、そうだよ。あの女は従兄の井森から預かった映像データを恐喝材料にして、矢内と市倉社長に面会を求めたんだ」

「それは、いつのことなんだっ」

「組の若い者が丹沢で井森を絞殺してから、一カ月ほど経《た》ったころだよ。国分利香は従兄の失踪《しっそう》のことをちらつかせながら、矢内と市倉さんに二十年間にわたって毎月三百万円の口止め料を払えと言ったんだ。ひとり毎月百五十万円ずつな」

「で、『山藤』が契約モニターの謝礼という形で月々、利香の口座に振り込んでたんだな」

「そうだよ。あの女は欲深《よくぶか》だったんで、若死にすることになった。おれは矢内と市倉さんの二人に泣きつかれて、彦坂を通じて新堀組《うち》の水野に国分利香を拉致させせろと言ったんだ。水野の野郎はてめえの手を汚すことを嫌って、誠仁会の小野塚たちに仕事を回したんだよ」

「あんたは水野に彦坂殺しの濡衣《ぬれぎぬ》着せようとしたなっ」

「水野は、おれの女房《バシタ》をコマそうとしたんだよ。だから、奴を組から追い出したかったんだ。何もかも話すから、おれを上に引っ張り上げてくれねえか。コブラがいまにも斜面を這《は》い上がってくるようで、落ち着かねえんだ」

御園が哀願口調で言った。

「そのままの状態で、おれの質問に答えろ」

「ちくしょう！　こんだけ頼んでるのに」

「彦坂を殺《や》らせたのは、そっちだなっ」

「ああ。矢内に頼まれたんだよ。彦坂は矢内のためにいろいろ危《ヤバ》いことをしたんだからって、二億円出せって言ったらしいんだ。奴が情婦《おんな》にやらせてる狸穴のフレンチ・レストランが赤字つづきだったんだよ」

「矢内を裏切ったのは、なぜなんだ?」

「奴は成り上がりのくせに妙に大物ぶって、このおれを使いっ走りのように扱いやがったんだ。矢内の知らない英語や経済用語を使ったりすると、ねちねちと『インテリは違うねえ』なんて厭味《いやみ》を言ったりもした。学歴コンプレックスの裏返しなんだろうが、大学出てる人間を目の仇《かたき》にしてやがるんだ。矢内とは、長くつき合いたいとは思っちゃいなかったんだよ」

「で、てめえは市倉のほうにつく気になったわけだ?」

百面鬼が口を挟んだ。

「まあな。矢内は『石光興産』に自分の兄貴たちを役員として送り込んで、いずれ市倉さんの会社を乗っ取る気だったんだよ。そんな下心がなきゃ、奴は市倉さんのために買収資金を調達する気になるわけねえさ」

「矢内は彦坂を使って、生保会社、都銀、地銀なんかから、総額でいくら引っ張り出したんだ?」

「六千億円だよ」

「買い集めた『コスモス石油』の株は、時価でどのくらいになるんでえ?」

「五千億円にはなると思うよ。それに彦坂が『コスモス石油』の経営陣の弱みを握ってくれたから、市倉さんはそう遠くない日に買収に成功するだろう。おれは、『石光興産』の役員のひとりにしてもらえることになってた」

「てめえの夢は、もうおしめえだな」

「お、おれをコブラの餌《えさ》にする気なのか!?　命だけは救《たす》けてくれ。いちばん腹黒いのは、市倉さんじゃねえか。おれなんか、たいして汚《きたね》えことはしてない」

御園が命乞《ご》いした。

「てめえの組の若頭の水野まで始末させやがった。それから、セルジオ佐々木って日系ブラジル人に命じて、都合の悪い奴らを虫けらのように消させた。見城ちゃんも殺《や》らせようとしたよなっ」

「矢内に頼まれたんだよ、どの殺しもな。おれは矢内と市倉さんに使われてただけなんだ。罪は、二人よりも軽いはずだよ」

「往生際が悪いぜ」

「おまえらに五千万ずつやろう。だから、おれのことは見逃してくれーっ」

「その程度の端金《はしたがね》を貰《もら》う気はねえな」

百面鬼が酷薄な笑みを浮かべ、ロープを一杯に垂らした。

御園は飼育槽の底まで滑り落ちた。夥《おびただ》しい数のコブラが一斉に鎌首《かまくび》をもたげ、次々に御園の体に牙《きば》を立てた。

御園は悲鳴を放ちながら、全身で暴れた。だが、コブラは離れようとしない。

見城はＩＣレコーダーの停止ボタンを押し、飼育槽の底を覗《のぞ》き込んだ。コブラは御園の肉を咬《か》んだまま、尾を振り立てていた。

「もうじき奴はくたばるよ」

百面鬼が冷然と言って、葉煙草《シガリロ》に火を点けた。

それから一分も経《た》たないうちに、御園の体が痙攣《けいれん》しはじめた。白目を見せて、呪文《じゅもん》めいた唸《うな》り声を発している。

やがて、御園は動かなくなった。猛毒が体中《からだじゅう》に回り、息絶えたようだ。コブラが申し合わせたように御園から離れはじめた。

「死体を近くの山の中に埋めよう」

見城はＩＣレコーダーを懐に仕舞い、ロープを摑《つか》んだ。すぐに百面鬼が葉煙草《シガリロ》を横ぐわえにし、ロープに手を掛けた。

二人は掛け声とともに、ロープを手繰《たぐ》りはじめた。

翌々日の早朝である。

見城はオイルタンクの林の中で、市倉と向かい合っていた。千葉県下にある『石光興産』の製油所だ。

「映像データと御園の告白音声データを先に渡してくれ」

市倉が銀髪を撫《な》でつけながら、横柄《おうへい》な口調で言った。

「どっちも渡せない」

「それじゃ、話が違うじゃないか。十億円の口止め料じゃ、不服だってわけだな」

「いや、そうじゃない」

「正義漢ぶって、わたしを警察に突き出す気になったのか。そうなら、早く青臭い考えは棄《す》てるんだな。その代わり、あと五億円追加してやろう」

「金は十億でいい。早く預金《よきん》小切手を出してもらおう」

見城は言って、水平二連式のデリンジャーを取り出した。楠から奪った特殊拳銃《けんじゅう》だ。実弾を二発詰めてある。

「その玩具《おもちゃ》のような物は何なんだ?」

「玩具じゃない。れっきとした護身用拳銃だよ。このパチンコ玉のようなやつを外せば、弾丸が飛び出す仕組みになってる」

「そんな物で、わたしを殺せるわけがないっ」

市倉が言い返し、急に身を翻《ひるがえ》した。『石光興産』の社長は、わずか四、五メートルしか走れなかった。オイルタンクの陰から、拳銃を手にした百面鬼が現われたからだ。

「おまえは何者なんだっ」

市倉が百面鬼に声を投げつけた。

「新宿署の者だ」

「わたしを逮捕しに来たのか⁉」

「そうだ。てめえを殺人教唆《きょうさ》の容疑で逮捕する」

「令状を見せろ、逮捕令状を出せ！」

「吼《ほ》えるなよ、おっさん」

百面鬼が市倉の股間《こかん》を蹴《け》り上げた。

市倉が呻《うめ》いて、その場にうずくまった。百面鬼が市倉の右腕を捩上《ねじあ》げ、片方だけ手錠を打った。それから彼は市倉を石油タンクのそばまで引きずっていき、もう一方の手錠をパイプに掛けた。

「警察がこんな手荒なことをしてもいいのかっ。きさまを懲戒免職に追い込んでやる！」

市倉が大声を張り上げた。百面鬼は拳銃をベルトの下に突っ込むと、市倉の左腕の関節を外した。

市倉が顔面を歪《ゆが》め、痛みを訴えた。

見城はデリンジャーを上着のポケットに戻し、市倉の懐を探《さぐ》った。内ポケットには、額面十億円の預金小切手が入っていた。『石光興産』のメインバンクが振り出したものだった。いつでも換金できる小切手だ。

「せっかくだから、こいつは貰っとくぜ」

見城は預金小切手を上着の内ポケットに収め、百面鬼に目配せした。

百面鬼が市倉の背中に小さな箱を括《くく》りつけた。箱の中身は、高性能の炸薬《さくやく》だった。

「わたしに何を背負わせたんだ？」

市倉がどちらにともなく訊《き》いた。先に口を開いたのは見城だった。

「あんたのお守りさ」

「お守り？」

「そうだ。あんたがちゃんと地獄に行けるように、そいつが守ってくれるよ」

「わたしをここで殺す気なのか!?　サングラスの男は現職の刑事なんだろ？　刑事だからって、私刑《リンチ》をしてもいいという法律はないぞ」

「おれは現職だが、法律は破るもんだと考えてる。おっさん、あばよ！」

百面鬼が市倉の腹を蹴った。市倉が唸りながら、前屈《まえかが》みになった。

見城と百面鬼は駆け足で製油所を出た。二人とも笑っていた。

充分に遠ざかってから、見城はリモコン爆破装置の起爆スイッチを押した。ほとんど同時に大きな爆発音が轟《とどろ》き、市倉を括りつけた巨大なオイルタンクが爆《は》ぜた。

それから連鎖反応を起こしたように、周辺のタンクが次々に爆発炎上した。製油所は瞬《また》く間《た》に火の海と化し、不気味な黒煙が空《そら》全体を覆いはじめた。

見城は百面鬼とハイタッチをして、勝鬨《かちどき》をあげた。

本書は、二〇一六年九月に徳間文庫から刊行された作品に、著者が大幅に加筆修正したものです。

本作品はフィクションであり、実在の個人・団体とは一切関係がありません。

（編集部）

実業之日本社文庫　最新刊

実業之日本社文庫　最新刊

鳥羽 亮
剣客旗本春秋譚　虎狼斬り
北町奉行所の定廻り同心と岡っ引きが、大川端で斬殺された。その後も、殺しが続く。辻斬り一味の目的とは。市之介らは事件を追う。奴らの正体を暴き出せ！
と2 16

西村京太郎
札沼線の愛と死　新十津川町を行く
殺人現場の雪の上には、血で十字のマークが。さらに十津川警部に謎の招待状!?　捜査で北海道新十津川町へ飛ぶが、現地は魔法使いの噂が!?（解説・山前譲）
に1 22

西村 健
バスを待つ男
無趣味の元刑事がみつけた道楽は、都バスの小さな旅。東京各地を巡りながら謎と事件を追う。解決するのは家で待つ麗しき妻！（解説・杉江松恋）
に7 1

南 英男
強欲　強請屋稼業
ヘッドハンティング会社の女社長が殺された。一匹狼探偵・見城豪が調査を始めると、背景に石油会社の買収を企む謎の団体が。執念の追跡を悪の銃弾が襲う！
み7 15

前川 裕
文豪芥川教授の殺人講座
無双大学文学部教授でミステリー作家でもある芥川竜介。大学内外で起きる事件を迷推理？　現役大学教授作家が贈る異色文学講座&犯罪ミステリー！
ま3 1

実業之日本社文庫　好評既刊

南 英男
刑事《デカ》くずれ
刑事を退職し、今は法で裁けぬ悪党を闇に葬る裏便利屋・郷力恭輔。彼が捨て身覚悟で守りたいものとは？灼熱のハードサスペンス！

み71

南 英男
裏捜査
美人女医を狙う巨悪の影を追え――元SAT隊員にして始末屋のアウトローが、巧妙に仕組まれた医療事故の陰謀に鉄槌を下す！　長編傑作ハードサスペンス。

み72

南 英男
切断魔 警視庁特命捜査官
殺人現場には刃物で抉られた臓器、切断された五指が。美しい女を狙う悪魔の狂気。戦慄の殺人事件を警視庁特命警部が追う。累計30万部突破のベストセラー！

み73

南 英男
特命警部
警視庁副総監直属で特命捜査対策室に籍を置く畔上拳。未解決事件をあらゆる手を使い解決に導く。元部下の巡査部長が殺された事件も極秘捜査を命じられ…。

み74

南 英男
特命警部 醜悪
闇ビジネスの黒幕を壊滅せよ！　犯罪ジャーナリストを殺したのは誰か。警視庁副総監直属の特命捜査官・畔上拳に極秘指令が下った。意外な巨悪の正体は？

み75

実業之日本社文庫　好評既刊

内田康夫
浅見光彦からの手紙　センセと名探偵の往復書簡
ある〝冤罪〟事件の謎をめぐり、名探偵と推理作家の間を七十九通の手紙が往来した。警察と司法の矛盾に迫る二人は、真相に辿り着けるのか――!?

う14

内田康夫
しまなみ幻想
しまなみ海道に架かる橋から飛び降りた母の死に疑問を抱く少女とともに、浅見光彦は真相究明に乗り出すが……。美しい島と海が舞台の傑作旅情ミステリー！

う15

今野 敏
潜入捜査
拳銃を取り上げられ「環境犯罪研究所」へ異動した元マル暴刑事・佐伯。己の拳法を武器に単身、暴力団壊滅へと動き出す！（解説・関口苑生）
こ21

今野 敏
処断　潜入捜査
シリーズ第3弾、元マル暴刑事・佐伯が己の鉄拳を頼りに、密漁・密輸を企てる経済ヤクザの野望を暴く、痛快アクションサスペンス！（解説・関口苑生）
こ23

今野 敏
罪責　潜入捜査
シリーズ第4弾、ヤクザに蹂躙される罪なき家族を、元マル暴刑事の怒りの鉄拳で救えるか!?　公務員VSヤクザの死闘を追え！（解説・関口苑生）
こ24

実業之日本社文庫　好評既刊

今野敏
臨界　潜入捜査
シリーズ第5弾、国策の名のもと、とある原子力発電所で発生した労働災害の闇を隠蔽するヤクザたちを、白日の下に晒せ！（解説・関口苑生）
こ25

今野敏
終極　潜入捜査
不法投棄を繰り返す産廃業者は企業舎弟で、テロネットワークの中心だった。潜入した元マル暴刑事・佐伯涼危し！　緊迫のシリーズ最終弾。（対談・関口苑生）
こ26

今野敏
デビュー
昼はアイドル、夜は天才少女の美和子は、情報通の作曲家や凄腕スタントマンら仲間と芸能界のワルを叩きのめす。痛快アクション。（解説・関口苑生）
こ27

今野敏
殺人ライセンス
殺人請け負いオンラインゲーム「殺人ライセンス」の通りに事件が発生!?　翻弄される捜査本部をよそに、高校生たちが事件解決に乗り出した。（解説・関口苑生）
こ28

今野敏
襲撃
なぜ俺はなんども襲われるんだ——!?　人生を一度は放棄した男と捜査一課の刑事が、見えない敵と闘う痛快アクション・ミステリー。（解説・関口苑生）
こ210

実業之日本社文庫　好評既刊

今野 敏
マル暴甘糟《あまかす》
警察小説史上、最弱の刑事登場!? 夜中に起きた傷害事件は暴力団の抗争か半グレの怨恨か。弱腰刑事の活躍に笑って泣ける新シリーズ誕生！（解説・関根 亨）
こ2 11

今野 敏
男たちのワイングラス
酒の数だけ事件がある――茶道の師範である「私」が通うバーから始まる8つのミステリー。『マティーニに懺悔を』を原題に戻して刊行！（解説・関口苑生）
こ2 12

今野 敏
マル暴総監
史上〝最弱〟の刑事・甘糟が大ピンチ!? 殺人事件の捜査線上に浮かんだ男はまさかの……痛快〈マル暴〉シリーズ待望の第二弾！（解説・関口苑生）
こ2 13

鳴海 章
オマワリの掟
北海道の田舎警察署の制服警官〈暴力と平和〉コンビが珍事件、難事件の数々をぶった斬る！ 著者入魂のポリス・ストーリー！（解説・宮嶋茂樹）
な2 1

鳴海 章
マリアの骨　浅草機動捜査隊
浅草の夜を荒らす奴に鉄拳を！――機動捜査隊浅草日本堤分駐所のベテラン＆新米刑事のコンビが連続殺人犯を追う、瞠目の新警察小説！（解説・吉野 仁）
な2 2

実業之日本社文庫　好評既刊

鳴海章
月下天誅　浅草機動捜査隊
大物フィクサーが斬り殺された！　機動捜査隊浅草分駐所のベテラン&新米刑事が謎の殺人犯を追う、好評シリーズ第2弾！　書き下ろし。
な23

鳴海章
刑事の柩　浅草機動捜査隊
刑事を辞めるのは自分を捨てることだ——命がけで少女の命を守るベテラン刑事・辰見の奮闘！　好評警察シリーズ第3弾、書き下ろし!!
な24

鳴海章
刑事小町　浅草機動捜査隊
「幽霊屋敷」で見つかった死体は自殺、それとも……!?　拳銃マニアのヒロイン刑事・稲田小町が初登場。絶好調の書き下ろしシリーズ第4弾！
な25

鳴海章
失踪　浅草機動捜査隊
突然消えた少女の身に何が？　持ってる女刑事・稲田小町の24時間の奮闘を描く大人気シリーズ第5弾！　書き下ろしミステリー。
な26

鳴海章
カタギ　浅草機動捜査隊
スーパー経営者殺人事件の特異な手口に、かつて対決した元ヤクザの貌が浮かんだ刑事・辰見は——大好評警察小説シリーズ第6弾！
な27

実業之日本社文庫　好評既刊

鳴海 章
刑事道 浅草機動捜査隊
その道の先に星を摑め！ 犯人をとり逃がした北海道警の刑事が意地の捜査、機捜隊の面々も……大人気シリーズ第7弾！（解説・吉野 仁）
な2 8

鳴海 章
鎮魂 浅草機動捜査隊
子どもが犠牲となる事件が発生。刑事・小町が、様々な母子、そして自らの過去に向き合っていく。そして定年を迎える辰見は…。大人気シリーズ第8弾！
な2 9

鳴海 章
流転 浅草機動捜査隊
外国人三人組による金塊強奪事件が発生。犯人から銃を向けられた小町——特殊部隊SAT出身の新メンバー・本橋も登場の人気警察小説シリーズ第9弾！
な2 10

鳴海 章
情夜 浅草機動捜査隊
どうしてお前がここに——新人警官・粟野が再会したかつての親友は殺人事件を起こしていた。覚醒剤がらみの事件は次々と死を呼び……人気シリーズ第10弾！
な2 11

西村京太郎
十津川警部捜査行 阿蘇・鹿児島殺意の車窓
日本最南端の駅・鹿児島県の西大山駅で十津川警部の同僚刑事が殺された。捜査を始めた十津川に思わぬ妨害が…傑作トラベルミステリー集！（解説・山前 譲）
に1 17

実業之日本社文庫　好評既刊

西村京太郎
十津川警部　北陸新幹線殺人事件
北陸新幹線開業日の一番列車でなぜ男は狙われたのか――手がかりは太平洋戦争の戦地からの手紙に!?　十津川警部、金沢&マニラへ！（解説・小梛治宣）
に1 18

西村京太郎
十津川警部捜査行　北の欲望　南の殺意
殺されたOLは魔性の女!?　彼女の過去に手がかりを求め、三田村刑事が岩手県花巻に向かうが……十津川班が奮闘する傑作ミステリー集！（解説・山前譲）
に1 19

西村京太郎
十津川警部捜査行　車窓に流れる殺意の風景
女占い師が特急列車事故が起きると恐ろしい予言をした。十津川警部が占い師の周辺を調べると怪しい人物が…傑作トラベル・ミステリー集。（解説・山前　譲）
に1 20

西村京太郎
若狭・城崎殺人ルート
天橋立行きの特急爆破事件は、美由紀が店で出会った男が犯人なのか？　疑いをもつ彼女のもとに十津川班が訪れ…緊迫のトラベルミステリー。（解説・山前　譲）
に1 21

東野圭吾
白銀ジャック
ゲレンデの下に爆弾が埋まっている――圧倒的な疾走感で読者を翻弄する、痛快サスペンス！　発売直後に100万部突破の、いきなり文庫化作品。
ひ1 1

実業之日本社文庫　好評既刊

森村誠一
ビジョンの条件
経理課員の轢き逃げ死、失踪、横領疑惑……。大企業の闇を暴くべく、出向社員として潜り込んだ男の運命を描く社会派ミステリー。

も12

森村誠一
月光の刺客
法の網を潜り正義のもとに戦うスナイパー、連鎖する事件に関わる政治家、事件を追う棟居刑事。三つ巴の攻防の行方は!?（解説・七尾与史）
も13

森村誠一
砂漠の駅《ステーション》
大都会・新宿で失踪した、スナックのママと骨董商。交錯する事件とその裏で深まる謎を牛尾刑事が追う、傑作サスペンス。（解説・細谷正充）
も14

森村誠一
美しき幻影　遥かなる墓標のもとに
戦争中、徴兵を忌避しアルプスの最奥地・雲ノ平で消息を絶った男がいた。彼の行方を追い山へ向かった作家の決意とは——著者渾身の書き下ろし長編。

も15

矢月秀作
いかさま
拳はワルに、庶民にはいたわりを。よろず相談所所長・藤堂廉治に持ち込まれた事件は、腕っぷしで一発解決。ハードアクション痛快作。（解説・細谷正充）
や51

実業之日本社文庫　み 7 15

強欲《ごうよく》　強請屋稼業《ゆすりやかぎょう》

2020年4月15日　初版第1刷発行

著　者　南　英男《みなみひでお》

発行者　岩野裕一
発行所　株式会社実業之日本社
〒107-0062　東京都港区南青山 5-4-30
CoSTUME NATIONAL Aoyama Complex 2F
電話 [編集]03(6809)0473 [販売]03(6809)0495
ホームページ　https://www.j-n.co.jp/
DTP　ラッシュ
印刷所　大日本印刷株式会社
製本所　大日本印刷株式会社

フォーマットデザイン　鈴木正道(Suzuki Design)

ISBN978-4-408-55589-8（第二文芸）